暮色里的旧时光

陈亦新 著

中国大百科全书出版社

图书在版编目（CIP）数据

暮色里的旧时光 / 陈亦新著．—北京：中国大百科全书出版社，2018.8

ISBN 978-7-5202-0313-5

Ⅰ．①暮…　Ⅱ．①陈…　Ⅲ．①散文集—中国—当代　Ⅳ．①I267

中国版本图书馆 CIP 数据核字（2018）第 157264 号

出 版 人　刘国辉

责任编辑　李默耘　程　园

责任印制　邹景峰　李宝丰

插　　图　画欣 Cindy

封面设计　九五书籍装帧工作室

出版发行　中国大百科全书出版社

地　　址　北京阜成门北大街 17 号

邮　　编　100037

网　　址　http://www.ecph.com.cn

电　　话　010-88390739

印　　刷　北京地大彩印有限公司

开　　本　880 毫米 ×1230 毫米　1/32

字　　数　202 千字

印　　张　8.75

版　　次　2018 年 8 月第 1 版

印　　次　2018 年 8 月第 1 次印刷

定　　价　42.00 元

目录 Contents

第一辑　向西又向北 / 001

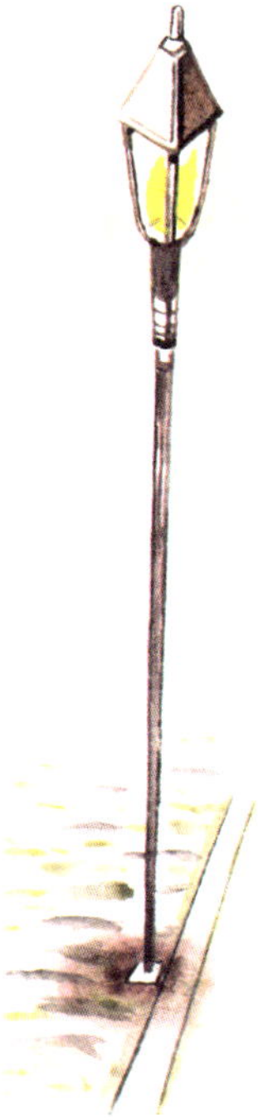

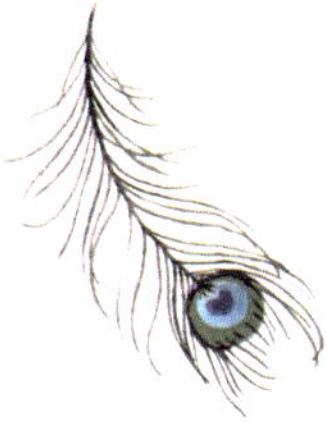

第一辑

向西又向北

向西又向北——从岭南到西部

远行与流浪，仿佛永远都打着青春的烙印，对于文艺青年尤其如此。趁着年轻，在路上，或疯或狂，或悲或伤，或逍遥，或迷茫……似乎只有这样疯魔过，才算拥有过青春。

01

远　行

远行与流浪，仿佛永远都打着青春的烙印，对于文艺青年尤其如此。趁着年轻，在路上，或疯或狂，或悲或伤，或逍遥，或迷茫……似乎只有这样疯魔过，才算拥有过青春。

美国作家杰克·凯鲁亚克写过一本书《在路上》，他曾说：“我还年轻，我渴望上路。带着最初的激情，追寻着最初的梦想，感受着最初的体验，我们上路吧。”

我似乎也是这样的文艺青年，曾几何时，我便梦想着远行，一路崎岖，一路月光，还有不同的山河，还有异地的星空。最好能再留几段诗文，写写孤独与思念。

虽然这些年，也去过很多地方，但都是坐着飞机呼啸而来，呼啸而去。看不到沿途的风景，也没有看风景的心情。但我总在幻想着出发，黄昏或是清晨，背起行囊，越走越远……

人这一生中，总应该有几次放下，总应该有几次说走就走的旅行。

那么，走吧！

很早之前，我便与父亲商量过这次远行，开车从岭南到西部，穿越大半个中国，记录沿途的风土人情，体验不同的文化习俗，再把所见所思写成文章。所以，当我的想象之行变为现实时，兴奋之情真是溢于言表。

首先是定路线。因为跨度比较大，所以能选择的路线也很多。于是，我拿出地图认真地研究。

我的想法是这样的：绕开大城市，最好能去一些地域、民族文化比较有特色的地方。经过一番研究之后，我们最终选择了西线。从广东出发，途经广西、贵州、云南，重点经过四川、青海，最后抵达甘肃甘南藏族自治州。这条线的特点是地域性文化比较明显，会经过很多民族聚居地，而且自然风光也极具特色。

接下来便是一些准备工作。此次的文化之行动用了一辆越野车和一辆轿车，我开的正是这辆轿车。当时我犹豫了好久，到底要不要走这条路线？若是碰到复杂的路况，轿车是难以应付的。还有一个问题是，我这辆车上没有替换的司机。后来，我们决定每天不要走太远，这样应该不会太累。我发现，只要你真心想做一件事，所有的问题都不是问题。

2014年6月6日，我们准时从广东东莞出发。刚出发不久，便遇上了倾盆大雨，雨势非常强，能见度极低。挡风玻璃变成了一幅印象派画作，朦胧至极，很有韵味。车里的人说着玩笑话，说贵人出门，风雨随行呢。

从东莞到广州，然后一路经过佛山、肇庆、云浮。

高速路上车不多，沿途的风景很美。一路烟雨蒙蒙，路边翠绿的山笼罩在云雾里，时隐时现，很是惬意。应该还没有出岭南，所以风景仍是温润柔软，甚至略带妩媚，像极了南方的女子。我曾经比喻过北方与南方风光的区别，北方空旷、辽远、苍凉、寒冷，土地都硬邦邦的，像个猛张飞，更像辛弃疾的词。南方则不同，山清水秀，婉约至极，每一棵草木都带着温润的气息，像林黛玉，也像李清照的词。

走了一半路途时，眼前的山突兀而起，与之前截然不同，仿佛从天而降的石柱，有了些桂林山水的味道。烟雨仍蒙蒙，云雾笼罩山间，是一幅绝佳的水墨画。

一路风光无限，倒也不怎么累。傍晚时分，我们抵达了广西玉林市。累计走了五百多千米，开车共八个小时。

这也许是玉林的老城区，街道潮湿、混乱、拥挤，没有什么繁华的建筑。街上大多是老式小楼，墙面上全是斑驳的痕迹，这应该是雨水和岁月留下的。进城不久后，我们便发现玉林有特别多的摩托车，各式各样的人骑着各式各样的摩托车，从四面八方而来，又赶向四面八方，如潮水一般汹涌，一波接着一波。车辆在摩托车的海洋中，艰难地挪动。

后来，我忽然想起网上在抵制“玉林狗肉节”。此“玉林”是彼“玉林”吗？我百度了一下，果真如此。我莫名其妙地略有失落。凉州人没有吃狗肉的习惯，只是听老一辈说狗肉可以治寒胃，所以偶尔会有人试试。

有人说，狗是唯一一种爱你超过爱它自己的动物。我养过狗，很爱这种动物，所以一直接受不了吃狗肉，当然我本就不爱吃肉，这是与生俱来的饮食习惯，没有办法。

这里，我没有任何贬低的意思，我尊重所有的地域文化。

我只是想说，我个人不随喜这种文化，不喜欢这种传统，看不了血流成河的杀戮。据说，一次狗肉节，就有上万只狗丧命，我不敢想象这是一种什么样的场景，我不敢想象它们的哀号，不敢想象它们绝望、恐惧的瞳孔。

一个地方，总有向善的文化。玉林肯定也有，只是有时候，这种善文化没有话语权而已。我们可以有很多“节”，比如“读书节”“文化节”“旅游节”等，但为什么偏要搞个“狗肉节”，偏要宣扬一种用杀戮满足口欲的所谓“文化”？

我知道，很多人会告诉我，吃狗肉是民间习惯，是古老传统。更有人会告诉我，吃狗肉不犯法。是的，是这样。但是，对于这样的习惯和传统，我们接受，但不应该宣扬。因为，相对于杀戮与口欲，人们更需要慈悲与敬畏。

我们应该善待生命，至少不要宣扬与杀戮有关的文化。我认为，这是一种文化底线。

明天，我本可以沉默着匆匆而过，但我想说这些话。我更希望下次来玉林时，可以看到另外一些不同的东西。

02

长寿之乡

离开玉林，我们继续西行，下一站到百色。

百色，多美的一个名字：一百种颜色。当然，这是我第一次听说这个地名。在车上，父亲告诉我，邓小平曾在这里领导过百色起义。

出了城市，空气便清新起来，绿色汹涌而至。越前行两旁的风景便越美，秀丽到了极致，浑然天成，没有任何人工的痕迹。母亲说，美到极致是自然。确实如此。

高速路上车不多。若说昨天烟雨蒙蒙，一路风光妩媚而娇柔的话，那么今天则截然不同，阳光一片灿烂，天空高远蔚蓝，一切都显得洁净而充满生机。

不久之后，我们便邂逅了一片极佳的风景。路旁的草地平整而空旷，略带草原的风格。近山更加突兀，如一把把插入大地的利剑，又恍若镇守天地的石人。远山沐浴在绸纱一般淡淡的雾霭中，朦胧而遥远，仿佛戴着面纱的神秘女子，不知里面蕴藏着多少故事与传说。

还有绿色，漫天漫地的绿色，仿佛在调色

板上精心调制过。浅绿、嫩绿、翠绿、墨绿……层层荡漾开来，鲜艳而丰富，耀人的眼。一时间，仿佛连空气都变成了绿色。你看，那破土不久的嫩芽，它的绿还略带着鹅黄，叶子在风中轻摇，稚嫩得如同婴儿；你再看那片树林，它的绿鲜艳而健康，它们挺拔着身姿，像极了踌躇满志的青年；还有，那山的墨绿，显得深沉而内敛，仿佛沉淀了百年。

我打开车窗，风呼啸而来，带着一股浓郁又湿润的草香味。这便是绿色的味道。

时间一晃而过，已经到了中午。我们停在高速公路的服务区，准备吃点午餐。吃午餐时，同行的明子和陈建新告诉我，离百色不远有个地方，叫三门海，据说自然风光极佳，是喀斯特地貌。我百度了一下，确实不错，所以我们临时决定转道去三门海。瞧，这便是自驾远行的优点，随时可以根据情况改变计划。

吃罢，继续上路，风景依旧美丽。

几个小时后，下了高速。我们到了百色市田阳县。这个县城面积不大，但很干净，路旁还种着庄稼，楼房也不高，时时可以看到远山。

再往前行，我们便上了一条盘山路。路不是很险，但也蜿蜒曲折。因为车速不快，我们都打开了车窗。山风很清澈，如甘泉一般沁人心脾。

我们发现这里漫山遍野都种着芒果。果然，在山间有许多卖芒果的小摊。我们在一处小摊前停了下来，打算买点芒果。摊上的芒果有很多品种，其中一种叫“贵妃”，“贵妃”个头较大，粉绿相加，很是有趣。卖芒果的老板娘很纯朴，三十岁上下的样子，有着很白的牙齿。后来聊天得知，她竟然已经五十二岁，是孩子的奶奶了。我仔细观察了一下，暗暗吃惊。五十二岁的她，剪着齐眉刘海，皮肤光洁发亮，没有任何皱纹。她告诉我们，她是巴马人，巴马离这里不远。

我知道巴马，它的全称是“巴马瑶族自治县”，被誉为“世界长寿之乡”“中国人瑞圣地”。据说，巴马百岁以上寿星占当地人口的比例居世界之首。

我们问老板娘有什么美容的秘诀，她说吃芒果，她们一年四季都吃芒果。我之前不怎么吃芒果，因为吃多了容易上火。我们问她上火怎么办，她说从来都不上火。我不知道这是因为人体差异的原因，还是我的认识本来就是错误的。不管怎么样，到这里了一定要吃芒果，我吃了一个，味道鲜美极了。

继续往前走，便到了巴马瑶族自治县。这里的自然环境非常好，除了公路，别的土地几乎全部被绿色覆盖了。

我看了看汽车里程表，从出发到现在，虽然只有两天，但已经超过一千千米了，这一千千米的距离是两个世界。那个世界拥挤、喧嚣、繁华，充满物欲，天空灰暗，弥漫着浮躁的气息和汽车的尾气；这个世界寂静、淳朴、淡泊，回归自然，到处是洁净的空气和茂盛的草木。

仔细想想，我们真是贫瘠的。没有一片洁净的蓝天，没有一方生机的草木，没有一丝清新的空气，没有清澈的风，没有宁静，也没有淡泊，却以为自己拥有了全世界。

相较于两个世界，与自然和谐相处的巴马人怎么能不长寿？

傍晚时分，我们又经过了一片美景，于是下车欣赏、拍照。后来发现，美景的对面正好有个度假村，度假村依山而建，有吃有住。于是我们临时决定，今天就住在这里，明天再去三门海。

又是收获满满的一天，开车近九个小时，行驶六百多千米，我却一点也不觉得累，因为风景太美了，你永远不知道下一个转角会带给你怎样的惊喜，所以满怀期待地上路吧！一切都在前方！

03

天池龙宫

我们落脚的地方叫坡纳村，这个村庄与西部的村庄截然不同。首先，这里的房屋都是经过规划的楼房；其次，每户人家都有门面，以做生意为主，有旅馆、中医馆、养生馆、饭馆等等。

住宿倒也不贵，七十元一间房。房间还不错，比较干净。我们住宿时，统一交费，有专人带我们去另外一栋楼入住。当时我们以为，游客的吃、住是由村委会统一安排的，平均分配，这样大家都有钱赚。后来经过采访得知，实际情况并非如此。村里的大部分房屋被北京的一家公司租用了，这家公司把坡纳村包装成中医村。房租以月结算，一间房的租金是五百元，若是有十间房，那一月可以有五千元收入。

因为这样，所以年轻人都外出打工了，只留老人与孩子看家。若是还有没有外出的妇女，也可以打扫卫生，公司付给她们工资，打扫一次付八块。

坡纳村的村民没有多少土地，仅有的一点土地也被公司租去种小麦，之后成为超市里高价

巴马坡纳村

出售的长寿小麦。他们自己则购买一些其他谷物。

从采访看，老百姓喜欢这样，因为有更多钱赚。得知这些情况后，我暗暗苦笑了。昨天，我还认为这里如何与世隔绝，如何淡泊清净，现在看来，这里早被资本占领，被资本控制，由资本主宰接下来的路。好与不好，我不做评判。

这农村与西部的农村也面临着同样的问题：年轻人都外出了，只留下老人与孩子。我在想，现在还有一部分老人守护着长寿村，那么若干年后呢？

据说巴马人长寿，是因为有条盘阳河。坡纳村前，正好有条河经过，不知是不是盘阳河。这条河并不清澈，相反非常混浊，河水呈土黄色。父亲说，如此看来，上游不是在大兴土木，便是植被受到了破坏。这条河，与眼前绮丽的风光格格不入。真希望不久之后，它能恢复成以前的模样。

采访完毕，我们继续上路。今天不走远路，目的地是三门海。

很快，我们便经过了一个村子，叫坡月村，很美的名字。坡月村有些村庄的模样了，村里的建筑新旧鲜明，一部分是老建筑，带着壮族特色，另一部分是新修的洋楼，虽然也气派，但总觉得太突兀，不协调。出了村庄之后，便到了水田，很多农民正在插秧。

再往前走，有台挖掘机正在采石，周围的建筑工程明显多了起来，看样子也是经过整体规划的，房屋规模、形状、瓦色都是相同的。不知道这里是不是也要搞度假村、中医村之类的。

坡月村之后，便是一个小镇。小镇很凌乱，满街都林立着鲜艳的牌匾。定睛一看，全是养生馆、中医馆、长寿馆。我哈哈一笑，真是有些疯狂的味道了。想必更疯狂的，不是这些“馆”，而是那些追求长寿之人。其实长寿之道人人皆知：心情舒畅、生活规律、饮食健康、适度锻炼。

走过一段蛇形路后，我们到达了目的地，这里也是个村庄，叫坡心村，一个更美的名字。

稍事休整后，我们便出发参观溶洞。

观光车盘曲而上，不久之后，我便看到山间有一个巨大的天窗，像只巨眼般审视天地。我们的车，正是要从这只巨眼中穿过。

三门海，我之前并不了解，百度之后才发现它不同凡响。天窗，是喀斯特地貌中比较稀奇的，而三门海竟有七个天窗，并且是串珠式的。这些天窗同山、水、溶洞完美地融为一体，成为世上绝无仅有的奇观。

说话间，便到了溶洞口。据说此洞内藏有一万个寿字、一万个寿桃、一万尊百岁老人像，还有神奇灵验的寿神，所以被称为万寿谷。

一入洞口，凉风扑面而来，风中尽是潮湿的味道。几步之后，眼前豁然开朗，洞中五光十色，绚丽至极，不是人间应有之景。我看到一个巨兽立于洞中，威严沉默，身上泛着晶莹的光。我惊叹着浮想联翩，这应该是神话中被贬罚下界的神兽吧，它要在这儿待几千年？

地面上湿漉漉的，洞顶偶尔会滴下水珠。接着往前走，所见之景更为奇异。怪石嶙峋、千姿百态，造型之奇之怪，超越人的想象。你瞧，既有五百罗汉之怪态神韵，又有地狱万象之惨烈奇景。那怪石配着色彩，恍若被赋予了生命，明明灭灭间，如群魔起舞，又如百鬼朝圣。一个个张牙舞爪、龇牙咧嘴，将鬼怪之气诠释得淋漓尽致。或许，是神魔曾在此大战，所以才这般石破天惊、鬼哭狼嚎。这虽像极了传说中的阴曹地府，却无阴森之感。对！这儿更像是龙王的水晶宫，你看这森罗万象，每一眼都怪诞到极致，无不奇幻绚丽。

沿着小路继续往前走，我看到了一处石壁，像极了九天飞雪的塞外，圣洁、豪迈，气象万千。

有时洞穴空旷大气，可以举目远眺；有时却陡峭狭窄，仅容一人低头通过。

一路走，一路惊叹。大自然真是鬼斧神工，相比之下，人类的艺术便显得多少有些无力。面对如此神奇之景，任何艺术形式都很难描述出它的神韵。

走到一半时，我看到了天窗。巨大的溶洞中，仿佛开了一面巨窗，阳光倾泻而入，略带蒙蒙之气。天窗旁有一个巨大的洞穴，黑黝黝一片，深不见底。据说黑洞之下，便是地下河流。而我此时，早已想象纷飞，这黑洞也许是龙王栖身之处吧，说不准哪一天，一条巨龙便会腾空出世。

沿着小路下到溶洞底部，阳光所照之处，皆长出了嫩绿的青草，在深洞之中，颇有几分仙境之感。抬头看，顶部有座石桥横跨两端，拥有吞天吐地之势。这便是世界上最大的洞内天生桥。桥下有块巨石，侧面看时，非常像长寿老人，这正是万寿谷的长寿神。这里有件趣事，同行者拍了张寿神的剪影，那眉眼竟像极了父亲，甚至还有胡须。我们看罢，哈哈一笑。

整个溶洞长一千六百多米，但我一点也不觉得长，这些地质秘境实在太美了，给人们展现了无穷的惊艳。

即将离开时，我虽恋恋不舍却也心满意足。是的，我虽然离开了此地，但这个洞穴已经进入了我的生命，它将在那里继续绚丽，并将引出更多石破天惊的故事！

04

山路弯弯

这几日，每天凌晨四点便醒了，非常准时，并且头脑特别清醒。按理说不应该如此，因为头一天已经开了整整一天的车。

每一次睁开眼之后，世界仍寂静一片。我走到窗前，看眼前的城市或村落，它们仍笼罩于夜幕下，朦胧间带出一股诗意。我在想，这陌生城市里的陌生人群，肯定还沉浸在梦乡中，他们肯定不知道，曾有位青年匆匆而来，又匆匆而去。其实，人生亦如此。来者来，去者去，看者看，行者行。

正好，这段时间可以写点文字。这是我每天仅有的写作时间，平时忙于奔波，只有此时可以静下来，慢慢地梳理昨天。

我们从万寿谷出发后，便到了凤山县，这一晚在这里落脚。凤山县风景很好，四面环山，这些山颇具味道，像极了驼峰。小县城虽不大，却很干净，是个适合生活的地方。

次日，我们便出发赶往云南昆明。谁知这次，遇到点小状况。因为凤山县没有高速公路，我们要借道去百色，在那里上高速公路。去百色的这段路，据说是省道，有五六十千米。比起这几日我们动辄数百千米的行程，不算远。

一开始便是盘山路，路况很糟糕，非常颠簸。路旁有大量的落石，其中有的甚至比轿车还大，山体滑坡的痕迹也频繁地出现。这条路注定很危险。我们缓慢地行走在山间，抬头看这蜿蜒小道，无止无尽。这时我才惊讶地意识到，这正是所谓的省道。如此路况，如此速度，我们至少要花费好几个小时。看来今天到昆明的行程要耽搁了。

不过沿途的风景倒是很美，奇峰险峻，如刀劈斧砍过一般。可是很快，我便没有了看风景的心情，前方的路布满深坑，坑旁全是泥泞。同行的越野车倒是很轻松过去了，但对于轿车来说却是个大考验。忽然，我们陷入了一个坑。所有人下车后，在父亲的指挥下，我艰难地挪动，但车轮还是打滑了。众人忙铺垫些砖石，我接着尝试才最终艰难驶出。在挣扎了许久后，终于摆脱了这段噩梦般的路。一路上，像这样的状况发生了数次，每次都让人筋疲力尽。

后来，我发现了一个奇怪的现象。每次到村庄附近时，路况便开始糟糕起来。不知道是巧合，还是有人故意为之。但在西部老家，若是人家门前有这样的坑洼，大家都会拿起铁锹补几锹土，平整一下。

日近中天，这段盘山路真有点永无止境的感觉，我们意识到在路线选择上出现了问题。前一天，父亲建议走别的路线，我们没有采纳，如此看来，他是正确的。

近六个小时后，我们终于筋疲力尽地从这段山路中突围而出。而此地距离昆明还有六七百千米，看来今天无法到达昆明

凤山县

了。随便吃了一点东西后，我们继续上路，然后临时决定在贵州兴义市落脚。

终于上高速了！这段高速路出奇地顺利，路况很好，车辆也很少。大部分时间只能看到我们两辆车在行驶，我把速度控制在一百千米左右，任它驰骋。路旁的风景仍是极美，时而空旷辽远，时而奇峰突起，时而幽静自然，时而气势雄伟。

此时的路况与之前，简直是天壤之别。选对路太重要了，万事莫不如此。

不久之后，夕阳西下。天边的云彩辉煌灿烂。阳光透过云缝倾泻而下，如万道细丝。太阳落山后，天慢慢暗了。群山隐匿起真容，只留下如梦如幻的剪影。车灯刺破黑暗，路仍在延伸。快接近兴义市时，山的那边电光频闪，不时照亮山野，世界恍若被惊醒了。

抵达兴义市时，近晚上十点，距我们出发已整整十二个小时。下高速路时，看见城内灯光璀璨，辉煌一片。在这片黑暗山野的衬托下，有点像宇宙中闪耀的星云。之前从未了解过兴义市，没想到它竟如此繁华，甚至超过了许多西部的省会城市。

后来，我才了解到，兴义市地处滇、桂、黔交界处，是这一地带的龙头城市，历来是西南地区的重要商贸中心，也是西南地区的中心城市之一，是黔西南布依族苗族自治州的首府，生活着多个民族。

开车穿行在兴义市区，恍若有点在上海的感觉。住宿安排妥当后，我们去夜市吃了点小吃。谁知回来时下起了倾盆大雨，我们在雨中奔跑，雨滴打在身上冰冰凉凉，清爽极了。

05

彩云之南

我们只在贵州停留了一个晚上，次日便赶往云南。在云南我们也不会久留，会直接北上，前往四川。因为这一次文化之行的主题是藏文化，主要目的地在甘肃省甘南藏族自治州。所以，在抵达藏地之前，我们以赶路为主，不会在他处徘徊太久。而且，广西、贵州、云南，是少数民族聚居地，文化丰富奇特，风光绮丽无比，所以需要专门的计划，做一些针对性比较强的采访。这一次，时间不够，若是以后有机会，专门计划一次西南之行才好。

从广西到贵州，再到云南，地貌发生着明显的变化。广西的山拔地而起，险峻异常。一入贵州地界，那山便换了模样，延绵不绝，一座连着一座。刚入云南时，那山庞大而厚重，如一头行动迟缓的巨兽。之后，山越来越少，接近昆明时，差不多算得上一马平川了。

小时候，云南是我向往的地方，尤其“彩云之南”这种说法，更让我充满了幻想。彝族的火把节、傣族的泼水节、纳西族的三朵节、傈傈

在云南

族的刀杆节等等，这些少数民族文化绚丽、原始、淳朴、神秘，充满着古老的力量，让我魂牵梦绕。

我尤其喜欢纳西族的东巴文化。纳西族在一千多年以前创造了一种象形文字，是流传于民间的活的象形文字。我家中就有东巴文化工艺品，他们的象形文字实在太有想象力了。

关于云南，可说的还有很多很多，所以我一直对它充满了向往，现在终于到它的地界了。

朋友姚贵生很早便在宾馆等我们。我认识姚贵生差不多有七八年了，那还是在武威。他不远千里前来拜访父亲。姚贵生本是广东肇庆人，早先是一家大型公司的老总，后来因某种原因受到了挫折。在读完父亲的书之后，他迅速振作了起来，在云南又拥有了一片新的天空。经过了大起大落的历练后，他为人沉着内敛又智慧淡然。他对父亲说，他是香巴文化最大的受益者。

住宿安排妥当后，姚贵生执意要请我们一行人吃当地特产“菌子”。后来，我才了解到，菌子是个统称，由各种野生菌类构成。北方人一般不称之为菌类，都叫蘑菇。

果然，饭桌上全部是菌类，且名字极具特色，有牛肝菌、干巴菌、见手青等等，全是一些怪名字，有的想记也记不住。姚贵生告诉我们，吃菌子的最好时节，是每年七月至九月，雷一打，雨一下，菌子们便破土而出了。

我们逐一品尝起来，果然鲜美之极，是大自然的神品。

吃过菌子后，天色渐黑，华灯初上，又是美好的一天。父亲要去书店，所以姚贵生专门开车带他去寻书店。我们便回到了宾馆，准备第二天的行程。

06

凉山月城

从昆明出发，一路向北，很快便到了四川地界。关于四川，我最早的记忆在十岁那年。

那一年，我们全家坐着绿皮火车，从凉州一路晃荡到成都。那时，我还不知道火车里有卧铺一说。硬座车厢里人山人海，各种汗味熏得我头晕。夜里，我困极了，却无法睡觉。父亲便买了报纸，铺在座位底下，让我爬进去，躺在报纸上。

我永远忘不了那种感觉，座位很低，快要顶到鼻子了，我大口地喘气，觉得自己要窒息了。四周黑乎乎的，有一种无法阻挡的挤压感。我惊恐地睁大眼睛，疲惫而痛苦，带着无法释怀的压抑。

几十个小时后，我们终于告别了这段噩梦般的旅程。那时的成都，闷热而潮湿，满街都是滞涩的空气，到处飘着卤肉的味道。次日，我们便赶往藏地，谁知那路程更让我刻骨铭心。李白说，蜀道之难，难于上青天。果然如此！客车行驶在盘山公路上，艰难地前行。这公路如一条游走的蛇，一直蜿蜒到天边。公路的一边是高山石壁，另一边则是万丈悬崖。司机稍一疏忽，就可能让一车人坠入深渊。

那时，坐在车上向窗外看，是看不到路的，只能看到悬崖下郁郁葱葱的树，偶尔还能看到激烈奔腾的江河，我们仿佛行走在半空中。车里静到了极致，掉根针都能听见。没有人说话，每个人脸上都写满了恐惧与焦虑。我手心里全是汗。我第一次体验到了死亡来临前的那种感觉，无助、恐惧，还有深不见底的绝望。

回头看来，这是一段让人后怕的旅程。不过十几年后，我驱车再次进川时，已经做好了所有准备。这一次我不要恐惧，我要欣赏沿途的风景。

离开云南，不久便到了四川。说实话，这段路两旁的风景相对平庸，已经没有广西和贵州那种让人惊艳的山水了。有时，我甚至会恍惚，以为行驶在凉州的大地上。植被也逊色了很多，大片的山野裸露出黄土，如一块块巨大的伤疤。仅有的一些小树也半死不活，没有任何生机。偶尔也会看到一些民居，仍是贫者贫，富者富。既有茅草房，也有拔地而起的洋楼。

这几日，平均每天开车近十个小时。说实话并不是很累，我仿佛习惯了这种跋涉，习惯了夜晚抵达，清晨离开，也习惯了见不同的人，听不同的故事，吹不同的风，走不同的路。

高速公路一直延伸到山顶。眼前开阔了很多，偶尔眺望，发现有座小城在山的褶皱里，如一把撒在地上的芝麻。一团团棉花似的云彩飘浮在脚下，我们仿佛行驶在云端。

穿过一条隧道后，大雾忽然侵袭了我们。雾遮天蔽日而来，吞没了一切。此时，能见度极低，我忙打开所有车灯，也只能看见一小段路。路在雾中延伸，恍若被赋予了生命，似一条灵动的游蛇。

冲出迷雾后继续前行，景致似乎好了一些，这才符合“天府之国”的美名。

我们本来打算直奔雅安，到下午五点时，离雅安还有三百多千米。父亲说，算了，不要这么赶，就住在西昌吧。于是我们下了高速，到了西昌。

西昌被称为“月城”，是凉山彝族自治州的州府所在地，凉山彝族自治州是中国最大的彝族聚居区。同时，西昌卫星发射中心也是全国四大卫星发射中心之一。关于彝族，最著名的便是火把节，火把节一般在农历六月二十四举行，为期二三天。火把节源于彝族的传说，他们的英雄用火把驱散了害虫，战胜了恶魔。对于火把节，我很向往。那是多美的一幅画面！举着火把，在漫山遍野间穿行，然后燃起篝火，唱歌跳舞。只是这一次，我们早来了一个多月，希望以后有缘能参加一次火把节，亲手“点燃”彝乡的夜晚。

达体舞是凉山彝族的民间舞蹈。有的地方也叫“锅庄舞”“蹢脚舞”“对脚舞”。“达体”在彝语中是“跺地”的意思。抵达西昌之前，我曾查过资料，这里有个火把广场，经常会有大型的达体舞会。于是，吃过晚饭，我们兴冲冲地前往火把广场。谁知广场里一片空寂，除了一些建筑和灯光，并没有跳达体舞的人们。我略感失落，不过既来之则安之，逛逛广场也好。

进入广场首先看到的，是一个巨大的雕塑，由九只虎构成。每只虎都很威风，拥有君临天下般的气势。再往前走，是一群石柱，每个石柱上都雕刻着一些图案，应该是彝族的图腾或是文字。广场的最里面，是一个巨大的舞池，这里应该是跳达体舞的地方，只是今天很安静，显得有些空荡了。

一路走来，经过了许多民族自治州、自治县，可是我很少发现有民族特色的地方。它们同其他城市一样，喧嚣、拥挤，充满霓虹灯和钢筋水泥。这也许是我匆匆而过的缘故吧，若是停下来驻足，或许能发现不一样的内容。

今天正好是女儿陈清如一周岁的生日。时间过得真快，我当父亲满一年了。祝愿女儿健康成长，平安吉祥，快乐一生。当父亲的，总是希望将全天下最美好的祝愿全部赠予她，让她成为世界上最幸福的女儿。

写完以上文字，又要出发了。今天开始就要入藏了，迎接我的，将是另外一个完全不同的世界。

07

康定，情歌的故乡

又是不到五点，睁开眼，耳边在轰鸣，身体像是古埃及金字塔里的木乃伊，动弹不得。终于觉得累了。

世界漆黑而寂静，只有窗外的远方有星星点点的光。这是远行的第八天，可每一天都让人觉得恍如隔世。那些身后的山水，仿佛是梦中遥远的记忆，化为烟雾摇曳着远去了。

一路走来，或风雨飘摇，或山清水秀，或峰高路险，或乍暖还寒，无论哪一次境遇，都满含着刻骨铭心的味道。在某个瞬间，我甚至觉得自己像个经历了世事沧桑的老人，在不经意的回眸间，便看透了所有的沧海桑田。

每个凌晨五点，我都坐在陌生酒店的椅子上，写着若浓若淡的文字。有时候激昂，有时候淡泊，其实都只是自言自语。但不管有没有人听，我都会说，因为这是我生命的足迹，是另一个更高意义上的自己。

现在，康定的天空由漆黑变为深蓝，仿佛是青藏高原上的湖水。没错，我在康定，在情歌的故乡。

昨日，从凉山彝族自治州出发，开车前往藏地。下高速公路后，到了一个叫石棉县的地方。县城前面流过一条浑黄的河。这正是大名鼎鼎的大渡河。我们所在的地方虽是个小镇，却是交通要道，是内地通往云南、西藏的必经之地，所以有“藏彝走廊”之称。小镇周围山高谷深，大渡河缓慢地流淌，几乎没有可看之景。于是，吃过午饭后，我们便匆匆上路了。

通往藏地的途中，再没有高速公路，只有蜿蜒无尽的盘山路。盘山路很窄，且是双行道，各自只能容一辆车通行。刚开始路况不错，我不由得又想起了十岁那年的四川之行。那时路况不好，且天气多变，阴晴不定，甚至有时车头下雨车尾晴，所以一路泥泞，车轮经常打滑。客车的发动机一直在轰鸣，费力极了，像头陷入泥海的石牛。不过那时的风景也让人记忆深刻，不知此行是否可以看到相同的景致。

没得意多久，路况便急转直下，露出狰狞。刚才还是平坦的柏油马路，现在立马变成泥石混杂的土路，偶尔还会有深坑。这可苦了我的轿车，它不停地颠簸，艰难地前行。更糟糕的是，此处山石容易滑落，极度危险，而我困在其中，无法畅通前行。旁边的越野车，一辆接着一辆飞驰而过，泥水四溅。当时买车时，我便建议过买辆越野车，只是父母说代步即可，不必花费太多，现在看来还是有必要的。

前面的路更糟糕，一旁的路上有提示“震后边坡松动，请注意安全”“前方落石地带，请观察前行”等字样。而车仍在缓慢挪动，有时需要所有人下车，减轻车辆负担，才得通过。父亲哈哈大笑，说开着轿车走蜀道，真是胆大包天了。说的也是，这路上真是不怎么见轿车。

这样的路况有二三十千米，一路上大家提心吊胆，生怕前

大渡河

面出现无法逾越的拦路虎。还有旁边的高山，若是下雨刮风，肯定会有落石。对面的山上，时而便会看到石流滚滚而下。

风景倒是很美，山体陡峭雄壮，山间缭绕着云雾。只是这样的路况，让人无法尽情欣赏。

随着山路蜿蜒，大渡河也开始露出它的真容。它狰狞着，撕咬着，滚滚而来，如千匹奔腾的黄色野马。途中经过一座铁桥时，我们停下车来，想体验一下“大渡桥横铁索寒”的感觉。

这铁桥看来已有年月。桥体的很多钢筋已经断了。人刚一踏上去，桥便开始摇晃，我顿时觉得头晕目眩。但为了体验深刻，我仍哆嗦着往前走。脚下便是大渡河，它滚滚而来，又滚滚而去，汹涌至极，如一头暴怒的烈兽，容不得人有半点亲近。桥上待得时间久了，更头晕目眩，甚至觉得铁桥也随着流水在动。于是，我们赶忙离开。

比起我们的一惊一乍，当地人显得极为淡定。面对滔天大河，面对过往的车流，他们仍是不紧不慢地做着手中的活，说着闲言碎语，一副世外闲人的模样。

不久之后，我们忽然看到路边有卖樱桃的，于是再次停车。樱桃娇艳欲滴，品相非常好。一问，二十元一斤，于是买了两斤路上吃。后来才得知，这里正是“红樱桃之乡”，怪不得樱桃如此之好。

继续往前走，便到了泸定县城，正是红军飞夺泸定桥的地方。我对泸定县印象不好，它到处都是建筑工地，整个县城弥漫着钢筋水泥的味道。而且自然环境不比别处，这里的山几乎看不到绿色，像极了西北的荒山。过一个狭长的隧道时，竟然没有灯，对面的车灯刺得人睁不开眼，非常危险。

也许正是修建，破坏了它的自然环境，谁知道呢？我不过是个匆匆过客。只是觉得这座小县城，与这路上的风景格格不入罢了。

出了泸定县，群山突兀而起，高耸入云，且遮天蔽日，有种强大的逼迫感。山路略有陡峭，一路向上。此时，发动机开始轰鸣，车身显得很重。偶尔会碰到重型卡车，它缓慢地爬坡，令别的车辆越堵越多。于是，要找准时机超车。超车后，眼前便豁然开朗。

越往前行，风景越独特，带着藏地独有的雄壮与神秘，显得高深莫测，又不可一世。空气很清新，略带寒气，吸入肺中，有种透心之凉。看惯了远山，习惯了呐喊，忽然行至山底，才觉出自己的渺小，再也没有了指点江山的气势。

你看，身旁的那一座座巨山，沉默间仍透出磅礴之势，顶天立地。山间烟波浩渺，看不见山顶，也看不见天空。偶尔，也有小小的瀑布飞流直下，给大山平添了几分生机。在这样的地域行走，你不得不敬畏自然，不得不敬畏比人类更伟大的一种存在。

一入康定城，浓浓的民族气息扑面而来，风马旗迎风飘扬，白塔醒目圣洁，寺院的金顶耀眼夺目，街上走着身穿绛红色僧袍的喇嘛，还有那些极具民族风格的建筑，一切显得祥和自然，沐浴着一层淡淡的光芒。

一首《康定情歌》，让康定这座小城名扬天下，成为情歌的故乡，使无数人魂牵梦绕。此时，天高、云淡、风清，何不再次轻轻地哼起它：

跑马溜溜的山上
一朵溜溜的云哟
端端溜溜地照在
康定溜溜的城哟
月亮弯弯
康定溜溜的城哟……

08

蜀道难

这是最艰难的一个凌晨。

因为昨天开车十二个小时，到达目的地休息时，已过晚上十一点，所以我困极了。当凌晨四点五十分的闹铃响起时，我仍深陷在梦中，无法自拔。闹铃不依不饶，一直在响。我只好挣扎着爬起，关上了它。

此时，我头重脚轻，耳朵轰鸣，眼睛干涩，手脚根本不听使唤。我心中有个声音在说，今天太累了，别写了！再睡睡吧！可是我告诉自己，不能妥协，不找借口，一定要战胜自己。所以，我挣扎着穿好衣服，又坐在了电脑前。哈欠打了好几个，才写出了第一个字。

不可否认，此次远行越来越辛苦。很多未曾预料的状况也频频发生。我终于明白了什么是“跋山涉水”。不过，这也许就是远行的意义吧。我们从广东出发，一路经过广西、贵州、云南、四川，每天面对的都是截然不同的新世界。我们看到地貌在变化，气候在变化，文化在变化，方言在变化，人群在变化……一切都在变化。这种变化给我造成了严重的错觉，前一天的事，我却感觉像经历了一个世纪那样遥远。这几天的行程，已经完全改变了我的习惯。回想以前的生活，那是另外一个世界的事。

昨天从情歌之城康定出发，前往丹巴。这一路，我们几乎不去景点，若是碰到好的文化，便采访挖掘，若是没有碰到，就以赶路为主，因为我们的目的地是甘南藏族自治州。

离开康定的时候，天晴了。山间虽仍然云烟缭绕，但露出的一角天空却蔚蓝无比，纯净而高远，不能亵渎，更无法触及。因为山间弥漫着云烟，所以我们仍然看不清山的全貌。颇有点犹抱琵琶半遮面之感，不过这“感”不是妖娆，不是妩媚，而是一种无法侵犯的威严，是一种与天地同在的沧桑。

此时我们还不知道，此次文化之行的路线将发生重大的变化。今天的目的地本来是丹巴，它被称为“美人谷”，拥有非常独特和悠久的文化，是嘉绒文化的发祥地之一，是此次文化之行重要的采访地。

可是，当我们刚行驶进通往丹巴的省道时，便惊呆了。这条路崎岖不平，非常险峻，我的轿车根本无法通过。我试着前行了一段，便彻底气馁了。我向旁边经过的越野车司机打听前方路况，司机说通往丹巴的路一直是这样。

刚说罢，便有一辆车缓慢地行驶出来。车的前后保险杆全掉了，死皮赖脸地拖在地上，底盘也“哐噹”直响。

我们被迫改道。

原本打算从丹巴到马尔康，再从马尔康到红原，接着从红原前往若尔盖，若尔盖往北走，便到了甘南藏族自治州境内。以上地点，正是我们重点采访拍摄的对象。如此看来，一切都泡汤了。

千年之前，李白曾说“蜀道之难，难于上青天”，而如今，我们被蜀道无情地拒绝了，只能铩羽而归。

刚出发时，别人说你的轿车走川藏够呛，我没有在意。后来别人又说，开着轿车进四川真够胆，我仍是不以为然。就在前一天，父亲说开着轿车走蜀道，真是胆大包天。我仍是哈哈一笑，把这话当作茶余饭后的笑料。现在，眼前的蜀道冷酷、无情、残忍，它凌厉地扇了我一记耳光。

我们只好改道前往成都。丹巴、马尔康、红原、若尔盖，下次再见，那时我将筹备完善，再战蜀道。

调头进入318国道。318国道是条大名鼎鼎的路，它始建于1950年，全长5476千米，起点是上海，终点是西藏。横跨中国东、中、西部，是目前中国最长的国道。最近几天，我总和它打交道，它时而温和，时而暴躁，喜怒无常。

从康定出发，沿着318国道一路盘曲而上，便到了二郎山。二郎山海拔3437米，是青衣江和大渡河的分水岭。二郎山雄伟险峻，但因为草木茂盛，所以又略有清幽、秀丽之感。抵达二郎山山顶之后，便可以看到贡嘎雪山。贡嘎雪山被称为蜀山之王，主峰耸于巴蜀大地之巅，海拔7556米，真可谓山之王者。

很快我们便进入了二郎山隧道，此隧道长4176米。在如此群山之间开通这么长的隧道，实属不易。

有首歌正是这样唱的：“二呀么二郎山，高呀么高万丈。古树（那）荒草遍山野，巨石满山冈。羊肠小道（那）难行走，康藏交通被它挡（那个）被它挡。”

出了二郎山隧道，路越来越崎岖，途中有大量的重型卡车。我不得不小心翼翼地开车，尽量避开坑洼。整条路在山中绕来绕去，我很快便迷失了方向，好在这山中只有一条道，往前走

318国道

便是了。

一路上，我看到了许多抛锚的车辆，有的爆胎了，有的出故障了，司机正打开引擎盖，不知在鼓捣什么。

走到后半段时，开始下雨，路况更糟糕了。一旁的山崖非常陡峭，行车时会面临落石的危险。到一个名叫“虎口”的隧道时，情况糟糕到了极点。这隧道里没有灯，且是双行道，最要命的是路。这已经不能称之为路，它由无数坑洼组成。因为前方有来车，我不能变道择路，只好咬着牙摸黑往前走。十几分钟之后，我终于逃离了“虎口”，一车人全部松了口气。

开车近十个小时，也只走了一百多千米路。平时在高速上，这不过是一个小时的路程。

经过一路奋战，临近下午七点时，我们终于挣扎着逃离了318国道，上了京昆高速。

在高速上畅快地驰骋了一个多小时后，我们终于抵达了成都。

回首这两天蜀道之行，我们狼狈不堪，且丢盔卸甲，如丧家之犬一般逃离。看来蜀道之难，名副其实。

当然，我们也欣赏到了别处没有的美景。那份壮阔与绝美，将随着蜀道之难，永远印在我心里，如十岁的那次四川之行一样刻骨铭心。

09

黄土陇原

风萧萧，路迢迢。

远方仍在远方，它是个永远不会抵达的地方。就好像那落日之地，你追啊追，却怎么也追不上。其实，这世上，总要有个让你心驰神往之地，它只可远观，不可抵近触碰。它神秘、美丽，容不得半点玷污，也容不得半点亵渎。那么，就把它当作一种向往吧，这向往本身便是意义。

再者，世事无常，人生中总有许多遗憾却不后悔的事。它们像断臂的维纳斯一样，虽不完美，却释放出一种无与伦比的魅力，在残缺间，让你铭记心底，无法忘记。

此次丹巴之行，正是如此。我在路的这头，它在路的那头，遥遥相望而不可即。我虽然遗憾，却不后悔，在它没有做好准备迎接我们之前，先不着急。要知道，那路实在崎岖，我的轿车若是强行进入，肯定会被困在途中，无法前行，也无法后退，那么等待我们的，便是寒冷、饥饿、黑夜和孤独，若是下雨，还有泥石流之险。我告诉自己，对于自然要有敬畏之心。君子不立危墙之下，心存尺度，是极为重要的。

后来的事愈加证明，改变路线是极为正确的。

从成都出发，离开天府之国，一路开往甘肃。在京昆高速上走了一百多千米，便改道上了兰海高速。当我看到高速指示牌上写着“兰州方向”时，心中一阵惊喜，若是这高速连通兰州，那么我们当天便可抵达兰州，这实在是一件美妙的事。兰海高速应该开通不久，路况非常好，但车辆极少。

出门在外，终于明白了道路的重要性，它是一切的保障，是一切的根基。

在兰海高速上驰骋了不久，便到了甘肃地界。当看到“甘肃欢迎您”时，内心还是澎湃了一番，或许这就是所谓的故乡情怀吧。

一入甘肃境内，地域立马开阔了。天空也云开雾散，洒下久违的阳光。这阳光灿烂、耀眼，仿佛在空中跃动。要知道，在路上的这几天，几乎都是阴云密布，细雨绵绵。所以，当看到阳光时，内心的愉悦无法抑制。还有天空，蔚蓝纯净，显得极为高远。

我们说，家乡用畅通的道路、明媚的阳光、蔚蓝的天空、清新的空气在迎接我们。

这一切如此美好！

到甘肃地界后，最明显的特点是隧道很多，在一段路程中，几乎占到了一半以上。其中有一条隧道长达九千米，是二郎山隧道的一倍多。如此多的隧道，在当初修建时，肯定相当费力。

这些隧道的名称也非常有意思，各不相连，毫无规律。比如观音岩隧道、大团鱼隧道、寺洼隧道、柳叶剑隧道、玉皇隧道等等。它们有的源于地名，有的也许源于文化和传说。

路上的羊群

高速两旁的风景也很美，群山连绵起伏，山上盖满植被。这里是甘肃的陇南地界，风景在甘肃的诸多城市中是比较秀美的。若是在西北那头，便是黄沙戈壁，大漠茫茫。

兰海高速还未完全修通，在抵达武都之后便戛然而止，让人略觉不太尽兴。不久的将来，等兰海高速全程通车时，从广东到甘肃将会方便很多。

出了高速，上了212国道。212国道虽不宽，但很平坦，没有任何颠簸之感。此时，周围的环境开始变得严酷。山上不再有茂密的植被，裸露出黄土与岩石。父亲说马上靠近舟曲了，舟曲便是前两年发生重大泥石流灾害的地方。

再往前走，地理环境开始险恶。两旁的山，几乎没有任何植被。仍是盘山路，路旁的标牌上也写着“落石路段，注意安全”。我感觉这里比起四川更危险了，因为四川的山上长满植被，而这里的山上石土裸露在外，稍有雨水，肯定会滑落。果然，前方的路上，有很多滑落的石块，有大有小。

父亲说，这里是地质灾害博物馆，大部分地质灾害都在这里发生过。看看四周，真是这样。我忽然感觉到一种悲哀。路况倒是出奇地好，路面干净、平坦，坐在车中几乎感觉不到颠簸。

接近傍晚，我们抵达了一个叫宕昌县的地方。县城虽小，却非常干净。据说宕昌县是个贫困县，我却一点也看不出贫困来，也许那是以前吧。宕昌县历史悠久，有很深的文化底蕴。西晋时期，羌族曾在这里建立过宕昌国，历时二百多年。红军长征时，曾两次到达过宕昌县的哈达铺镇。后来，哈达铺镇还被命名为“中国历史文化名镇”。

父亲说，今晚住在宕昌吧。我认为天还早，可以适当地赶路，住在离宕昌七十千米左右的岷县比较好。

开车行驶在212国道一开始还算顺利。在行进至一个叫阿坞乡的地方时堵车了。十几分钟之后，前方车辆仍是纹丝不动。一打听才知道，原来前方堵车已经五六个小时了。我们抬头一看，半山腰的山道上，全是闪烁的车灯。我们当机立断掉头回宕昌。

回去时，天色已晚。

经过十天的奔波，我们已经快接近目的地了。跋涉的路再长，也长不过脚步。

走吧，无论前面是老树昏鸦，还是小桥人家，走本身便是目的，那么继续前行吧。

10

凉州，不是终点

次日一早，我们便从宕昌出发。我虽是甘肃人，但对于宕昌这座小城，之前并未听过。这次的停留虽然很短暂，但我对这座小城充满了好感。主要是因为它的路。宕昌境内的路况相当好，不仅平整，而且干净。要知道，在黄土高原上保持畅通、干净，并不是件简单的事。除了漫天的尘土，还有泥石流和落石的袭扰。

果然，在离开的路上，我们发现有很多养路工人在维护公路。一户农家正在建房，将一些沙石堆在了路边，很快便有公路维护者让他们清理干净。

路旁的田地里种了大量的药材。这里的药材质量很好，被称为药材之乡。这也许是宕昌人最重要的收入。我发现这里的农村，比我们家乡的农村要富裕很多，差不多每户人家都有二层或三层洋楼。而在我的家乡，土坯房还很多。

要知道，我的家乡被称为“银武威”，是有名的富庶之地，而宕昌与岷县都属于贫困之地。母亲说，早些年，有很多人到凉州要饭，问他们是哪里的，便说是岷县的。想不到短短十几年，这里便发生了翻天覆地的变化，真是三十年河东，三十年河西。

出了宕昌，就到了岷县。正好碰上了岷县的泼水节，人们往车上泼水，并在车上绑上红丝带，代表一种美好的祝愿。作为回报，我们给他们一些钱。对于这个泼水节，我之前闻所未闻，不知道这是流传已久的传统，还是近几年才兴起的活动。

不过，相较于宕昌，岷县明显混乱了许多，道路也不平整，车很颠簸。我们没有进入县城，而是赶到距离县城不远的一个小镇子里吃午饭。在吃午饭时，我们听说岷县正在举办一年一度的“二郎山花儿节”。听到这个消息，大伙儿都很振奋。“二郎山花儿节”是这片地域比较有名的节日，很多人会在二郎山上赛花儿。若是能参加花儿节，肯定是此次文化之行重要的收获之一。

吃罢，我们便调头，前往岷县县城。抵达会场后，我们并没有发现唱花儿的人。一打听才知道，前一天开幕的时候唱了一阵花儿，现在已经不唱了。三天的花儿节，更像是一次集贸会，会场附近摆满各种商品。买东西的人很多，街上熙熙攘攘，人们摩肩接踵。他们大多是附近乡村的农民。相较于花儿，他们可能对这些五花八门的商品更感兴趣。

我们只好打道回府。因为没有听到花儿，我略感失落。但这就是时代的变迁，各种民俗文化都在被慢慢地消解。

下一段高速公路在临洮。赶往临洮的路不太好走，尤其到村庄附近，很多人家在修建房屋，道路上堆满了各种建筑材料。本来路就不宽敞，这样一来，常常堵车。

这让我疑惑不解，这些房屋的样式与修建规模各不相同，看来不是整体规划过的。那么为何修建房屋的人家，又如此之多？父亲说，这可能是灾后重建。我仔细观察了一番，发现果然如此。所有旧的房屋上都有深深的裂痕，有的裂痕触目惊心。我这才想起，2013年7月22日，岷县发生了6.6级地震，如此看来，地震造成的破坏很严重。

之后，我们上了连霍高速公路。以前从兰州到凉州，也是高速公路，要走四个多小时。而这次走连霍高速公路，仅仅三个小时就到了。

抵达凉州时，接近晚上十点。下了高速后，我竟然有点懵，找不着方向了。周围的建筑，我以前没有见过。这真是件丢人的事。跟着导航走了一段，这才搞清方向。不得不说，家乡的变化真是太大了，尤其这几年，基建速度非常快。每次回来，都会看到一些新的很雄伟的建筑。

至此，我们从岭南出发，一路途经广西、贵州、云南、四川，最后抵达甘肃凉州，历时11天，跋涉4500千米，几乎穿越了半个中国。在这个过程中，我们看到了地貌是如何变化的，也感觉到了文化的变迁。

这一路上，也曾疲惫，每天开车超过十个小时，有时睡眠严重不足；也曾焦虑，当千奇百怪的路况出现时，总让人心惊胆战；也曾遗憾，因车况问题，不得不改变路线。但这一切，都让此次远行更有意义。

如今回首，那些风景，那些人，那些故事虽如云烟般远去了，但此次远行，却深深镶入了我的生命。有时候，行走本身就是目的。

在凉州短暂休整后，我们将再次启程，前往藏区。

人的一生，总要走一次天涯，总要经一些磨难，总要看一看不一样的山水，总要认识一些陌生的人，总要听听他人的故事，总要在跋山涉水间，真正地认识自己。

那么，出发吧！

——2014年6月17日于凉州

天边的风马

依稀记得，第一次进入藏区时的情景。那年，我十岁，随着父母前往四川藏区。那次旅行中的很多事，我都恍惚了，唯有路途的艰险，让我记忆犹新。

01

藏地印象

依稀记得，第一次进入藏区时的情景。那年，我十岁，随着父母前往四川藏区。那次旅行中的很多事，我都恍惚了，唯有路途的艰险，让我记忆犹新。

那几日，我们的车一直在山间盘绕，一面峭壁，一面悬崖，我一直忘不了那种摇摇欲坠的感觉，时而可以看到悬崖下奔腾的江河，浑黄的河水非常湍急，如暴怒的野兽。车里没有人说话，车辆的每次颠簸，都显得格外惊心动魄。

当我们抵达山顶时，藏族司机停车了，他把大量的风马撒向天空，这是在敬山神。“风马”是一种正方形纸片，上面印着一匹奔跑的马，马背上驮着三宝。藏族人出远门时，都会带上风马敬神，祈求好运降临，厄运消除。

山顶上的寒风很凛冽，像一把把冰冷的

刀。极目远眺，四下里全是山顶，有的山顶上终年积雪，在阳光的照射下，闪烁着耀眼的光芒。

在如此高远之地，在群山之间，迎着风，看着漫天飞舞的风马，我只想呐喊。就算如此，也无法表达内心的澎湃。

第二次进入藏区，是四五年之后。那时，父亲在甘南藏族自治州文联挂职。趁此机会，我与母亲又到了藏地。相比于第一次入藏时的艰险与澎湃，这一次平顺了很多。

甘南文联的守门人，是个叫阿爸九老的老头。阿爸九老是典型的藏族汉子，身体很瘦削，脸上棱角分明，目光总是很坚毅。但大部分时候，阿爸九老是个老顽童，他还教我如何使用打狗棒。这里的打狗棒，是一个铁疙瘩拴着一段绳子，使用方法和流星锤有些相似。

后来，我们还去了阿爸九老的儿子家。那是一片深山老林之中的世外桃源。人们不会讲汉话，最近的学校也在十千米之外，所以上学的孩子很少。那里没有网络，没有电视，人们的生活除了放牧便是修行。

我喝了奶茶，吃了酥油糌粑，骑了一会儿马。后来在屋外的草地上与父亲摔了几跤，一不小心踩到了牛粪。这里到处是牛粪，草地上是未干的牛粪，墙上贴着牛粪，家里堆满牛粪，晚上我还睡了牛粪烧的炕。牛粪在这里是宝贝，烧火取暖全靠它。

次日，我们便离开了。如今，我依然怀念那里。

第三次进入藏区时，我二十岁。那年秋天，我与父母去了西藏。我曾在《我与父亲》中这样写道：

> 西藏是个让我魂牵梦绕，却不敢触碰的地方。
>
> 《牧羊少年奇幻之旅》中水晶店的老板这样说：“因

为麦加是支撑我活下去的希望，使我能够忍受平庸的岁月，忍受橱柜里那些不会说话的水晶，忍受那间糟糕透顶的餐厅里的午饭和晚饭。我害怕实现我的梦想，实现之后，我就没有活下去的动力了。……所以我宁愿只保留一个梦想。”

对于西藏，我也有这种感觉。生怕自己会失望，会破坏我营造已久的梦境。我心中的西藏只属于我，只是我的圣地，与别人无关，与外界无关，甚至与真实的西藏无关。

但我还是决定去朝圣，这世界不缺幻想家，缺的是用行为去敬畏、实践真理的人。况且，很多风景需要你亲自去抚摸，才能感受到它的灵魂。

于是，雪山、佛殿、圣湖如赴约的故人，裹胁着浩然之气，走进了我的生命。

确实如此，很长一段时间内，我向往西藏，却不敢出发。西藏，像个终极梦想。我怕梦想实现的同时，便破碎了。但后来的经历，打碎了我之前所有的顾虑，我不但没有后悔，反而更加向往西藏。那段日子，纯净得没有一点儿杂质。无论是布达拉宫，还是纳木错湖，都成为我生命中最美的邂逅。

从西藏回来后，面对都市的车水马龙，我略感失魂落魄。我想写点文字纪念此次旅行，却怎么也无法下笔，总觉得笔力不够，这成了一篇最应该写，却怎么也写不出的文章。

我一直在期待着再次去西藏，再次拥抱那片神奇的高原。

后来，我与父亲多次去过藏地，每一次入藏总会有不一样的体验。比如去青海夏琼寺那次，满月下的群山，披着圣洁的光辉，神秘而遥远。山后的河流，弯弯曲曲，从远方流向远方。还有山下的密林，我们前去探险时，竟碰到了狼……

如今，我又进入藏区了。我们开车近一个月，跋涉上万千米，从岭南到西部，只为更好地了解藏文化。与前几次进入藏区不同，这一次不是旅行，而是生活。我不再走马观花，不再一闪而过，而是住下来，融入当地藏民的生活，体验他们的喜怒哀乐，了解他们的人生。

父亲去年曾在藏地住了半年，回家后他对我说：“你一定要去藏地走走，那里是一个宝库，会对你的人生有重要的影响。”

于是，我来了。

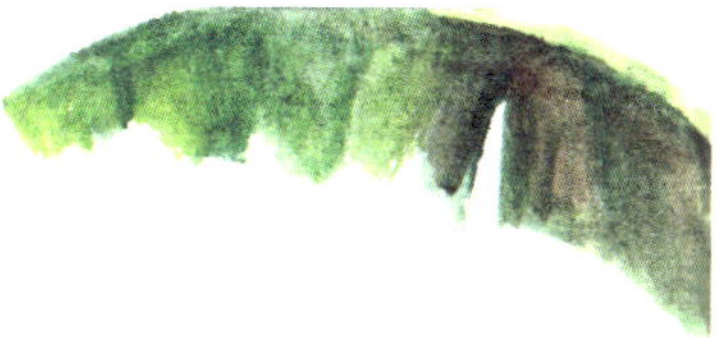

02

一夜星光

这段日子，总是清晨出发，夜晚抵达。有时，清晨在繁华的都市，夜晚却在落后的乡村。一晃而过的风景，或美丽，或平庸，不管怎样，都飞逝着消失在身后。在这些陌生的地域，风尘仆仆的我，偶尔也会伤感，没有原因，没有理由，莫名其妙。

抵达藏区时，已至深夜。父亲说，去年来时路很好，今年的路况差了很多。

夜，黑到了极致，显得很厚重。四周没有任何光亮，天地如一团浓稠的墨。这样的夜里，车灯显得刺眼而孤独。前方的路，在车灯所能照亮的范围内疯狂扭捏，偶尔伴着坑洼，尽情地展现各种怪诞。我偶尔看一下车窗外的世界，除了魑魅魍魉般的暗影外，便是车窗玻璃上映出的我疲惫的脸。世界很安静，只有汽车发动机在轰鸣。我觉得自己行走在巨兽的肚子里。

后面的路况越加糟糕，我们小心翼翼地前行，速度非常缓慢。平时半个小时的路程，我们走了整整两个小时。因为路上没有别的车辆，这两个小时显得格外漫长。

我们的房东是位六十多岁的老头儿。他皮肤很黑，不爱说话，有点沉默寡言。

我们抵达时，房东和他的小儿子，还有儿媳妇在等我们。房东家门前是个半坡，不好停车，我们费了九牛二虎之力，终于将车停妥当。

这一院房子是房东家新修的，除了我们，没有别人住过。房子很宽敞，和我以前去过的藏民家截然不同。我以前去过的藏民家，房屋相对低矮，屋内黑漆漆的，有点拥挤，充满了酥油和牛粪的味道。而这院房子，四梁八柱，屋顶很高。门前的小院子，用铝合金罩起来，镶上玻璃，采光很好，也能保暖。房东正在小院子的一角烧炉子，火苗“呼呼”地从炉门中冒出来。这跳跃的火苗，忽然让我有了一种归宿感，瞬间卸下了所有的疲惫。

院子虽然很宽敞，但其实只有三间屋子。一间主屋，两间侧屋。因为此次同行者较多，所以我与父母同住在主屋。

一进主屋，所见之景让我惊讶。首先，屋子很大，差不多有五十平方米。在城市寸土寸金的今天，很难见到如此宽敞的屋子。其次，满眼都是木头，屋顶是木头、墙是木头、桌子是木头、地板是木头……除了木头，没有别的任何材料。因为是新房子，这些木头仍是最新鲜的颜色，很有视觉冲击力。我不知道该怎么形容，说是富丽堂皇，也不太妥当，但确实给了我一种小小的震撼。

屋子中最显眼的，是一个佛阁。佛阁里供奉着佛像、曼扎、托巴、宝瓶等一些藏传佛教法器。佛阁四周的雕刻非常庄严，上面有各种彩绘，是一些八吉祥之类极具藏族风格的图案。一旁的木墙上，挂着质地很好的唐卡，唐卡上的本尊智慧

燃烧的炉火

而慈祥。

屋子的正中央，是一排大锅。这在藏地叫“连锅炕”，锅灶连着炕洞，烧锅的同时，将炕也烧热了。

整个院子很干净，听说房东打扫了整整一天。我回头看他，他仍在安静地烧火，看不出任何表情。他的小儿子热情地帮我们搬行李，望着我们憨憨地笑。我问房东的小儿子，是他家的房子盖得比较好，还是大家的房子都这样。房东的小儿子边摸头边笑着说，现在大家的房子都这样，差不多。

将所有东西收拾妥当后，已近午夜。房东一家早悄悄地离开了。

我走出门外，一抬头，满天星光，璀璨无比。刹那间，心仿佛被什么击中了，忽然有了一种想流泪的感觉。那些沉睡已久的情感，转眼间全部苏醒了，它们翻滚着，尽情释放出记忆深处的画面。

高原的天空净澈、通透，永无止尽。夜风凛冽，迎面吹过。我深深地呼吸，让高原寒冷的空气充盈我的肺。星空下，我站在原地，不愿离去，只想品味这千古苍凉的空旷。

03

世外山水

夜
恍若海底
透不进星光
游过
寂寞的鱼
静默
站在你的天边
触摸你的每一缕
气息
刺骨的不是离别
是回忆

那么
还有什么
古佛、青灯、梵文的经卷
于是，收起眼帘
诵五百年《金刚经》
不求成佛
只为下一世与你擦肩

写下以上文字时，我恍若看到一个背影，在青藏高原上匍匐，一步步虔诚，那是我吗？

藏地充满了太多浓烈的色彩，每一种都绚烂到极致，或神秘，或古老，或原始，或怪诞，不淋漓尽致不罢休。所以，在藏地的第一晚，我做了一个神秘、怪诞的梦，梦中尽是浓烈的颜色，尽是翻飞的旗帜，尽是鬼脸和白骨，尽是黑云和烈火……梦醒后的我，怅然若失，梦中的感觉仍在现实中延续，可是我却怎么也想不起细节。

在高原上，太阳一落山，寒冷便如潮水般淹没天地。尤其夜里，人好似睡在冰窖中。凌晨五点起床时，总比别处艰难些。这时，寒冷仍渗透着每一缕空气。睁开眼，高高的屋顶，模糊而冷酷。我像个沉睡了百年的老人一样，哆嗦着穿好衣服。

想想岭南的天气，想想那炎热与潮湿，真觉得是上一世的事。几千千米的距离，是两个截然不同的世界。那一头，温婉清秀，每一日都浅浅地，悠然自在，生活仿佛是一杯清透的茶；而这一头，高远辽阔，每一眼都刻骨铭心，寂寞跋涉，人生已变为一碗浓烈的酒。

行走在青藏高原，总觉得自己坚毅又孤独，脸上满是风霜，心里已刻出深深的皱纹。

窗外的天，渐渐开始亮了。我走出屋子，推开院门，眼前顿时豁然。深蓝色的天幕下，一片寂静的风景，骤然撞入我眼中。门前，是一片平整的庄稼地，在这样的山区，显得很恬静，如一湾幽水。几步远的地方，巨山拔地而起，连绵不绝，从山底到山顶长满了树木，密密麻麻一片。另一方的远山，还看不清楚，仅是一片深色的轮廓，遥远间平添几分梦幻。周围寂静一片，只有河水流淌的声音和山间的鸟叫，它们反而衬得这世界更静了。

我深深地呼吸，希望用这凛冽的空气，清洗自己仍疲惫的身体。转瞬间，天又亮了些许，远处的山腰里，闪烁出一抹亮色，那是寺院的金顶。昨夜太黑，莽莽撞撞就进入了这里，什么也没有看见。此时再看，感觉已是大不一样。

门前的小路上，出现了三三两两的藏族小孩，他们背着书包，疑惑地看我一眼，然后低头匆匆走过。这大山深处，古老又原始，没有经过旅游开发，很少出现我这样的外来人，所以他们才疑惑吧。

因为靠近山林，近水楼台先得月，所以大院子里堆满了柴禾。我顺手捡了点树皮和树枝，到小院子里生火。小院子里有个小火炉，昨夜房东正是在这里给我们烧水的。

在城市里，做饭不是用天然气便是用电磁炉。尤其在南方，没有人家用火炉。所以，我有点想不起，上次用火炉是什么时候。这里火炉的出现，一下让生活原始了很多，使人有种莫名其妙的兴奋。

本以为，生火是件简单的事。你想，干柴遇到烈火，它还不熊熊燃烧？可是我试了几次，每次除了呛人的浓烟外，一无所获。母亲看我有些狼狈，便上前指导几句。她说，慢慢地加柴，留些空间燃烧，别一次加太多。别说，这招还真管用，经她一指点，火终于烧起来了。看看，连生火都要注意分寸，不可贪得无厌，更何况别的事。坐在火炉边，浑身暖洋洋的，脸被烤得发烫，寒意早被驱赶得无影无踪。看着炉里跳动的火苗，我又想起了夜里的梦，还有梦里的火焰，那颜色是那样鲜艳。

吃过早饭，要去河里打水。刚听到这个消息，我还瞠目结舌了一阵子。长这么大，一直是吃自来水，还没有打过水。听说

巨大的蘑菇

要打水，大家都略感新奇，兴致勃勃地提着水桶出发了。

离院子两百米左右的地方，有片茂密的小树林，树林有条小溪，我们吃的正是这小溪里的水。小溪缓缓地流淌，没有任何浪花，清澈极了，恍若透明一般。父亲指着远方说，那座最远的山后面，有座雪山，这水正是从那雪山上流下来的。我捧起溪水喝了一口，冰凉又甘甜，沁人心脾。

溪边的树林虽小，却很茂密，草地上有很多牛粪，有的还很新鲜。这里有许多老树，一些老树的枝丫已经枯死了，它们奇形怪状地挡在路上，如一只只扭曲变形的手。后来，父亲在一棵树上发现了几朵巨大的蘑菇，这些蘑菇足有锅盖那么大。我连连吃惊，父亲笑着说："这有啥，这里到处是宝贝，还有比这更大的灵芝呢。"

提完水，身体微微出汗，伸几个懒腰，舒坦极了。太阳已经爬过山尖，天空通透一片，那蓝色震撼人心。此时，无论是近山还是远山，绿色都一层层荡漾开来，极具层次感。远处，又多了几个闪烁的金顶，那原来是座不小的寺院。

整个上午，我在小路上徘徊。身旁经过健壮的藏族汉子，他们的五官很有棱角，黝黑坚毅，如同刀削斧劈过的岩石。也会经过手持佛珠、口诵佛号的老人，他们的佛珠都油光发亮，看得出来已有年头。偶尔也会遇到一些藏族姑娘，她们低着头匆匆走过，布满高原红的脸上满是羞涩。

我环顾四周，树林与山峰都静默着，天地无言，一切祥和自然。在这陌生的高原，我却一点也没有陌生感，仿佛已生活了多年。

04

山下藏村

我们居住的村庄并不大，只有二十户左右，是附近最小的村庄。村民们的房子依山而建，呈梯田状，显得错落有致。虽然这里地域空旷，可这二十户人家的房子都聚在一处，显得很拥挤，家家户户之间相隔非常近，仅几步之遥。不知道这是因为能建房屋的地很紧缺，还是大家习惯这样生活。

后来，我们曾在远山的山顶俯瞰过这个村庄。在高远的天空和群山的衬托下，它虽然有世外桃源之态，但仍显得孤零零的。

逛过村子后，我发现这跟我之前去过的藏区不太一样。除去地域上的差别，单从外形上看，这村庄与我老家的村庄很相似。不过，一旦进入院子，区别还是很明显。这里的房子讲究“外不见木，内不见土”。去过几户人家之后，发现真是这样。房子外面是看不到木头的，旧一点的房子是土墙，新修的房子是砖墙，没有任何民族特色。

等进入房子之后，才发现一切都大不一

样。屋顶、墙面、桌子、炕灶、窗户、地板……目光所及之处，全是木头的，而且完全是藏族风格。不仅这样，大多数人家房间里的陈设也都相似。后来，我去过一些百年藏宅，无论连锅炕还是佛阁，它们的位置都是相同的。一百多年来，这里的人们仍然在按祖先的方式生活。只是不知道，他们还能这样生活多久。

村庄两旁的路上，立着高大的“井”状木架。我之前去过的藏地中，从没有见过这种木架。后来我才得知，它叫“晾架”，因为此地雨水多，专门用来晾青稞。在这里，能种庄稼的地不多，我也发现只有山脚下有些平整的土地，这些地里大多都种着青稞。

这个时节，青稞已经抽穗了，差不多再过一个多月就可以收割了。收割后的青稞，在晾架上晾晒一个月左右，便取下来捶打脱种，然后磨成青稞面，炒熟后做酥油糌粑。这是藏族人最主要的食物，它具有很高的热量，能有效抵御寒冷和饥饿。后来我试过，吃一小碗酥油糌粑，果真一天都不饿。

可是，藏民们辛苦种植的青稞，也仅够一家人作为一两个月的口粮，他们的大多数口粮还是要靠买。一位藏族朋友告诉我，以前有牧场的人家，每年都要赶着牛去大一点的县镇上换青稞，用一半的牛换成青稞，再用另外的牛驮回来。

藏地一般分为牧区、半农半牧区、农区。村子里的一位老人笑着对我说，我们这里应该算半农、半牧、半林，可是林子是国家的，所以只能算半农半牧了。

可是，在这里我却没有看到任何放牧的牛羊。后来我才得知，这里没有牧场，村民们都去别的地方租牧场。租下的牧场，有的在邻县，有的在好几座大山的后面。

如此一来，家里的人便要分成两拨，一拨待在家里种地，

风马旗前的母亲

另一拨去牧场放牛。他们说，牧场的日子很苦，又要挡牛，又要挤奶，还要打酥油，而且没有房子，只能住帐篷。就算这样，也不是每家每户都有牧场。有牧场的人家相对富裕一些，因为每年都可以卖一批牛，现在牛价不错，一头牛能卖到五六千元左右。好的人家一年可以卖三十头左右，最少的差不多也能卖十头。所以，牧场的日子苦倒是苦些，但经济上不错，大家也都愿意去。

听说有很多七八岁，甚至更小的女孩，她们不去上学，而是去牧场帮忙。有一次与当地朋友聊天，他告诉我，有户人家有一个女儿，非常漂亮，是当地最美的女人，可是没有上学，很早便去牧场挡牛了。听到这里，我心中隐隐作痛，略觉遗憾。同行者笑话我，漂亮的女孩子挡牛你就遗憾，不漂亮的就理所当然？我当然不是这个意思，只不过一想到一位绝色女子，漫山遍野地奔跑着挡牛，还是于心不忍，就像看到千里马耕地一样。

还有些家庭人口不多，没办法放牧。这样一来，他们几乎没有任何收入，所以生活很清贫。因此，时间久了，富的人家越富，穷的人家越穷。我去过一户没有牧场的人家，家中几乎一贫如洗，村里的人常常会送来一些酥油和青稞面，以此让这家的人生活。不过，他们倒不在乎自己潦倒的境遇，每天笑呵呵的，该拜佛就拜佛，该念嘛呢就念嘛呢，倒也自在逍遥。

因为村庄小，人口也不多，所以平日里显得很安静。除过老人和孩子，我很少见到与我相同的年轻人。后来和村民聊天才得知，很多年轻人都外出了，有的去上学，有的去打工。他们好像不太愿意待在这个偏远寂静的地方。我忽然觉得这山脚下的村庄，像极了孩子远行后的母亲，带着一种淡淡的失落和延绵的惆怅。

小路的尽头，是迎风飘扬的五色旗。因为藏地的风劲日烈，风马旗的颜色不再鲜艳，上面的经文与咒语，也模糊不清，如一张洇过水的古画。正因如此，这风马旗更有了一种古老悠远的韵味。它在苍穹与大地之间随心所欲地飘荡，看云卷云舒，品落日与星空。风马旗下是大片的青稞地。青稞快要成熟了，穗头在风中轻轻地摇曳。

05

一生一瞬

你在清唱
把声音藏进风的背后
你说，你不是歌手
不期望聆听，不等待回应

风，又凋零了一个季节
飞翔、旋转、坠落、逝去
于是转身
一个世纪和一生

现在，只剩怀念
略含遗憾
那么，悄悄地走吧
留下一副拐杖，还有
一本书

在藏地住了几天，忽然觉得日子变慢了，变淡了，也清净了。时光如溪水般静静地流淌，无声无息。阳光总在不知不觉间爬上墙头，一寸一寸，缓慢地移动着。

午后，泡上一杯清茶，坐在院子里看书。偶尔，会有一些不知名的鸟落进院子里，不过很快就飞走了。屋檐下有个蜂窝，当天晴的时候，便会有很多蜜蜂在头顶“嗡嗡”盘旋。河水的流淌声，也在隐约之间传来，若有若无，好似梦中的吟唱。除此之外，天地间再没有任何声音。于是，我总会在某个刹那间，产生一种恍惚，觉得这世界停止了。

书看得久了，脖颈总会酸疼，于是便抬起头来，望望远处。群山静默，不悲不喜，天空仍清湛一片，亘古不变的蓝，让人总想流泪。偶尔也会看到空中盘旋的鹰，它张开双翅，乘风翱翔，自由自在，是这片高原上最犀利的王者。

有时候，真想做一只鹰，无拘无束地飞翔，在苍天与大地之间自由穿梭，不在乎时光流逝，不受情感牵连，不关心世俗与物价，只是纯粹地活着。不过还好，我的心仍桀骜，鹰用翅膀跋涉，那我就用双腿飞翔，一样逍遥。

太阳偏西时，阳光便会爬上我的膝盖，暖暖的，也会爬上翻开的书，于是书中的文字便闪耀起来。我抚摸着阳光照过的地方，觉得这世界真美好。

我最喜欢的地方是屋顶。院子里有架梯子，正好方便我上下屋顶。于是，很多个清晨或是黄昏，我便拎个凳子，上了屋顶。屋顶上风很大，高原上似乎永远都有风。这风凛冽、犀利，带着一种苍凉悠远的味道。而我最爱的，便是这种风。在风中待得久了，恍若自己也变成了风。

风，是个流浪的诗人，它喜怒无常，时而癫狂，时而轻柔，时而孤独，时而欢快……而我，多想做一个风一样的男子，带着所有记忆去流浪，没有目的，也没有寻觅，从南方一直刮到北方，从前生一直刮到来世。

还有云，高原上的云总是很神奇，它们仿佛有自己的宿命，认真演绎着每一次聚散。你看，它有时黑沉沉一片，裹挟着压顶之势，如千军万马兵临城下。有时又变幻古怪，如魔王狰狞的脸，恨不得吞天吐地。有时却漫天云涛，广阔浩瀚，如汹涌的海。

我贪恋这里的风，城市里的风总是令人热恼，还带着灯红酒绿的浮躁，它有时气急败坏，有时傲慢轻佻，像个被惯坏的女子。我也贪恋这里的云，城市里的云总是太沮丧，灰蒙蒙一片，有时浑浊不堪，有时无精打采，如一位垂死的病人。

这些日子，我总站在屋顶上，迎着风看着云。我想，若是看懂了这风云，是否也就看懂了世事红尘?

若是天气晴好，我们一行人也会四处走走。这里虽是他人的故乡，却也真实地进入了我们的生命。

村旁有条河，我们吃水的小溪，正是汇入了这条河。河面很宽，却不深，河心有很多裸露的石头。虽是这样，河水还是很湍急，流水声很响。

某个黄昏，我们在这河边比赛打水漂。我很喜欢打水漂。每次抛出石子，都期待它能在水面上多跳跃几次。首先要挑选扁平状的石子，这样的石子才能在水面上轻盈地跳舞。然后，把石子贴着水面快速抛出。同行者中，也有完全不会打水漂的人，他们把石子高高抛出，还希望能多跳跃几次，谁知一入水便不见了踪影。我哈哈大笑，他们哪里知道，除了石子的形状外，速度和角度才是石子能在水面上跳跃的秘密。

看着石子一次次划开水面跃向空中，我忽然有一种逃离感，仿佛我才是那石子。只是，流水昼夜不息，那些落入水中的石子，只能安静地任岁月冲蚀，不知何年何月才能再次飞翔。流动是水的天性，沉默是石子的宿命，不是每个人都能明白这因缘聚散的沉淀。岁月是随风远去的风马，而石子仍在等待再一轮的天荒地老。

离开前，我们每个人都捡了几块自己喜欢的石子。说实话，这些石子非常普通，既不嶙峋，也不独特，茫茫大地上随处可见。可是，它们同样经历了亿万年的时光，同样见证了无数沧海桑田。

看着手中的石子，我淡淡地想，所有世事变幻，终将如流水般逝去，我们何不做一颗水中的石子，故事散尽，独自静默，不言、不语、不听、不看，任天地沧桑……

06

前世嘛呢（上）

我曾在雪域的高山上，匍匐
含着酝酿了五百年的悲悯
磕了，十万个虔诚的头
却从未见到，菩萨的微笑
我曾在佛殿的一角，哭泣
诉说了一千次生、老、病、死的痛苦
供养，三世的身、口、意
却从未听到佛陀发出，一声
我曾在金刚像前，祈请
带着酥油灯和酒，还有头颅钵
诵出，一声声带血的心咒
却从未感受到任何，回应
于是，我停止诉说
收起眼泪，静坐蒲团
却蓦然发现，大殿上佛像的模样
竟，变成了自己

在藏地，总能看到这样的画面：在湛蓝高远的天空下，日光耀眼。一些藏族老者，他们手持着转经筒，一圈又一圈地绕佛；或是踉跄着磕长头，一步一磕，消失在长路的尽头；再或者静坐于墙角，手持佛珠，口诵“唵嘛呢叭咪吽”，虔诚而淡然。

我曾仔细地观察过他们，这些老者但凡裸露在外的皮肤，都被高原上凛冽的风吹割得如同树皮般粗糙。那一双双手，布满褶皱，弯曲而坚硬，如枯朽的树根。他们的眼睛看多了世事变迁，也因为年迈，显得不再清澈，如泥水般浑浊。可是，他们那黝黑的脸颊上，无论是嬉笑还是怒骂，无论是悲悯还是坚毅，总笼罩着一层淡淡的圣光。

在这片高远辽阔的土地上，无数的转经筒“吱吱呦呦”地顺时针旋转着，还有那一声声“嘛呢”，从不曾停止过。

这也许就是信仰。我曾看到一些老奶奶，如虾一般佝偻着背，一个长头接着一个长头，从山脚一直磕到山顶。她们年迈而慈祥，身上的藏袍摩擦得几乎和大地一个颜色。可是她们丝毫不觉得自己在做一件不寻常的事情，这就是她们的生活，如同吃饭、睡觉一般寻常。风马旗下、寺庙旁边、雪山之间、青草地上、无人荒野……这些身影几乎出现在藏地的每一个角落，我认为这是藏地高原上最美的景致。

我总号称自己是个信仰者，但在这些老者面前，才发现自己的信仰有些虚伪和轻浮。当我如蜜蜂寻觅花蜜一样追逐信仰时，信仰早已融进了他们前世的血液里。我从千里之外迢迢而来，感动于自己的虔诚与艰辛，却发现真正的信仰不在于惊天动地之行，而在于每一言一行，在于生命之中的每一个当下。

藏地的每个村庄，几乎都有寺院或是嘛呢房。嘛呢房是全村人一起诵经的地方，一般由两部分组成：一部分是大经堂，平时并无人诵经，在遇到佛事活动与丧事时，全村人或是附近几个村子的人，便会聚集在这里诵经。另外一部分是开放的，放置着大大小小的各种转经筒。村民们平时都来这里转经或是磕长头。

到藏地的第三天，父亲便带我去了附近一个村子的嘛呢房。这个村子是这片地区最大的，据说村民近两千人。除此之外，村子非常古老，被称为“百年藏寨”。在远处遥望这个村子，发现有两处明显的建筑群落。一处建在山上，密密麻麻一大片，整整占了一面山。这是他们的老宅子，全部是藏式木质结构，看不到任何水泥、钢筋等现代建筑材料。这些宅子，大多有百年历史，在时间的侵蚀下，木头全部都是乌黑色。近些年，村民们纷纷搬到了山下，盖起了新房子，就是我前文中讲过的那种“外不见木，内不见土”的院子。远远望去，老宅子与新房子遥遥相望，各有特色。

一进入村子，便发现很拥挤。路不宽，蜿蜒崎岖，仅能容一辆车通过。因为地皮有限，人口又多，所以各家的房屋都紧紧挨靠在一起。在这里，藏式风味锐减，家家户户都用铝合金、玻璃、瓷片等建筑材料。若不是远处的群山、寺庙和风马旗，这里倒真像内地的普通村子。

车子七拐八扭之后，便来到了嘛呢房前。这是我见过的最具风格的嘛呢房。嘛呢房很古旧，全木质藏式风格，木头被时间腐蚀得斑驳陆离。木墙上，挂满了各种牛头骨，头骨上刻着“唵嘛呢叭咪吽”等真言咒语。这些牛头骨应该也有些岁月了，骨色不再雪白，显得很黄很旧。牛头骨虽是狰狞的形状，却让人感到一种出离与无常。

正有村民在这里转经，四周的经筒“咯吱”作响。这些转经筒也非常古旧，后来才了解到，它们也已有百年历史。进入嘛呢房内，略显昏暗，阳光从狭小的窗户中射入，照在巨大的转经

邻村的嘛呢房

筒上，明媚而古老，气氛非常独特，有一种经历过亘古沧桑之后的宁静。这里的经筒非常大，也更古老，转经筒的方式也比较独特。经筒下方有一个凸形的铁扣，人们在铁扣上拴好牛皮绳，只要规律地拽动牛皮绳，经筒便会不停地顺时针旋转。

此时，正有一位老奶奶坐在经筒前的长凳上拽动皮绳，经筒旋转着“咯吱”作响，阳光掠过老奶奶头顶的白发，照在旋转的经筒上。这画面美到了极致。

我悄悄地坐在老奶奶身旁，也拽动了另一个转经筒上的皮绳。皮绳上渗出淡淡的酥油味，我看着阳光中飞舞的灰尘，默默地念诵着六字真言，听着转经筒的“咯吱”声，觉得时间停止了，我的心，前所未有的平静。

07

前世嘛呢（下）

后来，我曾多次到过这个村子，每次都会去那个嘛呢房。不知为何，站在嘛呢房前，我总觉得温暖又熟悉。那些嘛呢房旁的老人，恍似都是同样的表情，永远微笑着，脸上的皱纹中泛出慈祥，略带出超脱尘世的淡然。

别人告诉我，这里是出名的长寿村，有很多百岁以上的老人。听到这个消息，我的第一反应是惊讶。要知道，这里是高原，生存环境严酷，与我去过的广西巴马等地截然不同。而且此地又处于群山之中，医疗条件并不先进。为何有如此多的长寿老人？后来待久了，我才慢慢明白了其中的缘由。这里的老人整日不离修行，或念嘛呢，或转经，或磕长头，他们少欲知足，心境开朗，有所向往，怎能不长寿？

看见这些老人，我总有一种莫名的亲切感，总会想起另外一位老人，我叫她“阿奶”。阿奶五六十岁的样子，独自一人居住，她的房子建在山顶，很简陋。我们一家曾和阿奶一起去朝圣，在朝圣的一个多月中，阿奶比年轻人更精进，她的手上永远都摇着转经筒，有时一天同我们走几十千米的山路。那时我还小，阿奶对我很好，处处照顾我，给我讲了许多藏族故事。父亲对我说，这就是空行母。那次朝圣结束之后，我便再也没有见过阿奶，直至现在已过了十多年。不过偶尔我还是会想起她，想起她的精进、笑容，还有她手上的转经筒。

在我们打水的小溪下游，有几处小木屋，走近一看，原来是水嘛呢。小木屋中有个转动的大经筒，经筒的下方是个小水车，利用水的流势带动经筒，使经筒昼夜不息地转动。后来，我发现很多村寨都有水嘛呢。我曾见过一条短短百米的河上，架着十几座水嘛呢。除去水嘛呢，还有风嘛呢。藏民们在高处或是房顶上树起转经筒，在转经筒四面焊接上不锈钢的盆子，这样就变成了一个大风车。只要有风，就会带动经筒转动。藏民们并不仅仅利用自然资源生存，他们也想尽一切办法，将自然资源与信仰相结合。有人说万法由心生，所以不在乎行为，随心所欲地做一切事。可是，没有行为，何来敬畏？没有敬畏，何来信仰？修行，是从修正行为开始，用行为来约束、改变、重铸自己的心灵。看看这些水嘛呢与风嘛呢，它们日夜不停地旋转，动力不仅仅源于自然，更源于敬畏和向往。

因为还要体验别处的生活和文化，不久之后我们便离开了。半月之后，我们还应邀参加另外一个嘛呢会，开嘛呢会的村子与我们曾住过的村子相距不远，仅十几分钟的车程。

嘛呢会是村子中最重要的佛事活动之一。除过一些固定的节日外，若是有人离世，家人也会供饭，请全村或是附近几个村子的人来嘛呢房中一起念嘛呢。供的饭，会根据家境情况有所不同。家境好的人家，饭中的酥油会多一点，还会有曲拉、蕨麻、枣、牦牛奶等。家境差一些的人家，供的饭也会相对简单一些。

但这都不重要，村子中相互之间的情况大家都了解，没有人在意供饭的好坏。

因为路途遥远，我们抵达时，已至正午。那天阳光很烈，天空一如既往地蓝，空气中弥漫着藏地独有的味道。这个村子的嘛呢房应该是新修的，风格与之前去过的嘛呢房截然不同。这座嘛呢房更气派，虽然仍是藏式风格，可处处透出现代感。你看，这座二层建筑的每一处细节都非常精致。建筑主体为红色，房檐与门框的装饰是典型的藏族风格，既绚丽又庄严。一层主要是大经堂，村民便在这里集中念诵嘛呢。大经堂旁边是嘛呢房，排列着许多金色的转经筒。转经筒后方的木窗上，也挂着许多牛头骨，它们注视着转经的人们，永久地静默。二层的两房之间，用铝合金和玻璃搭了一个棚子，这是供村民们休息用的。举目四望，这座嘛呢房是整个村子最气派、最现代、最豪华的建筑，看来村民们真是用心了。

走进大经堂，村民们正在念嘛呢，粗略一看，竟有几百人之多。每个人面前都放着一个转经筒，人们一边拽动皮绳，一边口诵嘛呢。这些转经筒都是自家的，念嘛呢时背来，嘛呢会结束后再背回去。与寺院里不同，这里的诵经声参差不齐，声调各异，闹哄哄一片，若不认真听，真听不出在诵什么。可是，我却觉得这场面很自然，美极了，没有任何刻意的造作。每个人脸上都写着虔诚，那一声声“嘛呢”，不是用声音在诵，而是用心在诵。我与母亲也悄悄地坐下来，母亲诵起了《金刚经》，我也默默地念诵着：“唵嘛呢叭咪吽……”

嘛呢会结束时，我根本没有意识到，还沉浸在浓浓的气氛中。几乎是同时，大家都把转经筒往身后一甩，便熙熙攘攘地出了大经堂。几百人背着转经筒，如河流一般散向四方，阳光洒在他们身上，那场面壮观极了。

后来我碰到了一位女孩子，她说着标准的普通话，这让我略感惊讶。虽然这里的大部分人都会点汉话，但藏族口音非常重。聊天之后才知道，她在美国北卡罗来纳州的杜克大学上学，假期刚回来。我问她毕业之后会回家乡吗？她说肯定回来。因为她，我对这块土地又有了新的认识。这高原群山之中的孩子，如鹰一般飞向四方。无论以后他们是否归来，这片土地都给予了他们最宝贵的东西——他们的根和土壤。

即将离开时，我再次回首。夕阳笼罩着嘛呢房，光影闪烁，显出一种久远的神圣。我多羡慕这里的人！我们每个人其实都应该拥有一座嘛呢房，用以洗涤我们的心灵，安放我们的灵魂。

08

隔壁女人

藏地的黄昏，大多时候是灿烂辉煌的，只是偶尔间才会有些苍凉和落寞，比如见到隔壁女人的那个黄昏。那天的黄昏本是辉煌的，灿烂一同往日，只是我看见了她那被夕阳拉长的影子。那影子纤细瘦长，随着她的步伐，在地上孤零零地移动。云间的落日光芒四射，晚霞也一片绚烂，而她带着她的孤寂和落寞，就这样消失在了黄昏里。我轻轻地叹息，那时我已经知道了她的故事。

第一次见她时，我并不知道她就是隔壁的那个女人。虽然那时，我已经听过了她的故事。在我的想象中，隔壁的那个女人，应该是年迈而孤寡的，她应该佝偻着背，扛着所有的悲痛和孤独，绝不是我见到的这个样子。那时，我刚到藏地不久，一天中午我坐在门前的木杆上晒太阳。她从我面前经过，咧着嘴一直在笑，那颗镶金的门牙拼命在闪烁着。我仔细地打量着她，略显富态的体形，硕大的金耳环，还有那颗金门牙，我暗暗地想，这便是藏地的富太太吧。后来，在门前的小路上，我常遇到她，她每次都望着我笑，一点也不做作。

一天饭后，我们又聊起了隔壁女人。早些年，她的男人跑了，到邻乡做了别的女人的男人。此后，她辛辛苦苦地将儿女养活。几年后，女儿上了学，儿子也长大了，娶了老婆，生了孩子，终于可以顶门立户了。可就在前两年，这里发生了一件惊天血案。三个年轻小伙子，打完麻将后喝了点酒，劫持了一辆出租车，杀了车主。他们根本不知道，出租车里有摄像头，已经将他们行凶的画面全部拍摄下来。杀人后，这三人将出租车卖了五千元。可是没几天，他们便在异地被警察逮捕了。五千元，一条人命，三个年轻人宝贵的青春。而隔壁女人的儿子，正是这三个凶手中的一个。

当地有赔命价的习俗，若是杀了人要赔八十头牦牛。而她家没有牧场，当然也没有牦牛，只好折算成人民币。这三家每家给受害者家赔十万，共三十万。可是她早已家徒四壁，又无牧场收入，何来十万元？好在村里人陆续送来些钱，她也向亲戚朋友借到了钱，终于凑够了十万，赔偿了受害者。这样一来，女儿也无法读书了，只好去打工，每年将打工挣的钱寄给母亲还账。想不到这个小村子里，还发生过这样惊天动地的事。

后来听说，她儿子本来就很顽劣，在出事之前就把家败光了。儿媳妇也抛下两个孩子跑了，她养不了这两个孩子，便把孩子送到亲戚家的牧场里放牛。

母亲说，还有些新的被套和床单，送给隔壁用吧。于是，我走进了她的家。这是一个没有任何生机的院子，空荡荡的，几乎看不到任何新鲜的颜色，四周灰暗一片，尽是破败之相。房子已经很旧了，像垂危的老人，再也经不起岁月的侵蚀，仿佛随时都会坍塌。她住在一间小屋子里，屋子采光不好，非常暗。她的汉话不好，我们艰难地交流着，她听懂了便咧开嘴笑，那颗金门牙的色泽与这屋子格格不入。

与父亲聊天时我问，她都穷成那样了，为什么还要镶金牙呢？父亲说，她这是要告诉别人，她自己过得不错，不希望别人怜悯，这是一个女人最后的自尊。这样一说，我便理解她了，理解她的金牙和笑，还有那背后无尽的辛酸。

后来，我常在黄昏中见到她，她拿着一把青菜去河边洗，仍然咧开嘴笑，那金牙快要和夕阳融为一体了。不知道为什么，看到她，我总会想起父亲小说中那个善良的老汉——“新疆爷”。他与她都行走在黄昏中，一步一步踏着夕阳，走向那卑微的孤独。

09

百年藏宅（上）

红尘
是个戏言
或陋室空堂，或衰草枯杨
可是，你却深信不疑

你，恍惚那凄雨
凌乱那旧梦
辗转不停
不经意间，触动
搁浅的失落

只不过，是些
诗文
强留，或是放纵
也躲不过
飘零的命运

于是，你躲进古墓
留下千年的沉默

残存
一缕碎裂的
微笑

在藏地待久了，总有种恍如隔世的错觉，有时候觉得一天比一年还漫长。这里没有川流不息的人群，没有车水马龙的大街，没有霓虹迷离的夜晚，也没有喧嚣浮躁的灵魂。这里有的只是清晨和落日，只是星空下游荡的风，只是山间不知名的野花。与日新月异的城市不同，那些沐浴着月光和清风的山水，数百年间也不曾大变过。爷爷转过的嘛呢，孙子正转着，爷爷磕长头的那条山路上，孙子的身影正起伏着。在这里，人们也不去争分夺秒，“百年”只不过是唇齿间轻吐的一个字眼。你看，随手一拿便是一把历史。

从藏区回来后，无数个瞬间，我总会情不自禁地遥想那时的心境，寻找那时内心的安宁。可是，我总会失落，那时与现在虽时隔不久，却也如前世般遥远了，仿佛一缕散入虚空的青烟。那个站在门前看山的男子，永远地留在了记忆里。

空闲的时候，我也会看看那时的相片，其中有一张看的次数格外多。那是在藏族朋友的家中照的。他家的宅子已有百年历史，住过几代人，每一个角落里都承载着满满的历史。

老宅子里的窗户比较小，光线不是很好，所以屋子里显得很暗。正是因为这样，透过窗户的阳光，总显得很有质感，白闪闪的一道，照在了炕边的转经筒上。我边吃着酥油糌粑，边看着阳光中飞舞的灰尘想，几百年前肯定也是这样，阳光中肯定也飞舞着灰尘，头人和她美丽的女儿，肯定也坐在炕上若有所思地吃着酥油糌粑，那时的酥油糌粑肯定和我吃的一样香甜……

这宅子确实老了，但越老的宅子越有一种风情，越有一种醇厚的魅力，仿佛是时光赋予了它们生命。朋友告诉我，修建这宅子时，他家还很富裕，所以宅子修得恢宏大气，在当地也是首屈一指的。可是近一百年，发生了很多变故，整个地区都被搅得天翻地覆，他家也不例外。还好，这老宅子并没有在历史的动荡中坍塌，仍是那番模样。时光荏苒，如今一切已平静，这老宅子仍庇护着这户人家，悄悄地由时间愈合着历史遗留的伤口。

吃过酥油糌粑，我下了炕，随意打量这座历经风霜的老宅子。这是典型的藏族建筑，纯木式结构，因为时间悠久，而且要烧连锅炕，所以整间房子都被熏黑了，已经看不出木头原有的颜色。屋内的墙上挂着吉祥天女“班达拉姆”和一些藏传佛教本尊的唐卡，还有一排风马旗。朋友告诉我，这些唐卡在他出生前就有了。老宅子共有两层，朋友见我们对他家的宅子很感兴趣，于是主动带我们上二楼参观。通往二楼的楼梯很黑，踩上去“咯吱”直响，像是惊动了一位沉睡已久的老人。楼梯的拐角处，有许多手工做的皮靴，看上去又笨又结实。朋友说，现在会做这种靴子的人很少了，这些都是母亲以前做的，很耐穿，里面还有他小时候穿过的靴子。他一定要让我们看看，可是他找了很久也没有找到，最后带着一脸的灰尘和失落放弃了。二楼多是一些小房间，因为现在家里人口不多，所以一直闲置着。除此之外，还有一间草料房，这是二楼上最大的一间房。草料房里有许多以前的老工具，朋友边说边演示，告诉我们这些工具的用途。

不知为何，触摸着老宅子斑驳的墙面，我总觉得我们有所交流。我告诉它，我千里路上的感触和见它时的心情，而它告诉我岁月如风，年华似水。

时间清澈依旧，沉淀了所有的故事。

10

百年藏宅（下）

在这座昏暗的藏宅中，我悄悄地徘徊，一步一步，小心翼翼地寻找它隐匿的历史，生怕惊起那一地落定的尘埃。窗棂后居住的幽暗中，仿佛有另一个无尽的空间，那里沉睡着一只巨兽，它的鼻翼间吞吐着一个又一个不为人知的秘密。不知道为什么，我总感觉这老宅子中，藏满了各种高深莫测的微笑，它就像一个洞察世事的智者，在这天地间的戏台上，看尽了人间悲欢。

时间是有能量的，经历的时间越久，能量便越大。这座百年藏宅，就有一种让人沉默的力量。待久了，便不想说话，不想去经历世间无休止的算计。只想静下来，品味天地，品味亘古的荒芜，然后转过身，逍遥地离去，不再管那些风花雪月的情事。岁月终将老去，如一张泛黄的古画，喧哗只是虚相，唯有寂静才能永恒。

再次回到屋中与朋友聊天，才得知他母亲前几天刚去世。父亲说，去年来时他母亲还健在，非常慈祥，不过一谈起过去经历的动荡，她便泪流不停。她说，她忘不了那些死去的人们，忘不了那时的绝望与悲伤。那是她一生中无法愈合的伤口，就像一根藏进灵魂的绣花针，刺得她时时作痛。对于母亲的离世，朋友并不是很悲痛，他眼中的泪光一闪而过。他说，母亲八十多岁的人了，迟早会有这一天的，她现在到佛菩萨那里报到去了，在那里她肯定不会再哭了。倒是老父亲让他很担心，父亲也八十多岁了，与母亲感情很深，他们相濡以沫地度过了那段艰难的岁月。母亲离开的这几天，父亲心情不是很好，整日郁郁寡欢，也不怎么说话。朋友劝他的父亲，说人生无常，要看开一些。他父亲说，不用劝我，我这一辈子经历过的死亡太多了，无常什么的，早就看开了，只是这几天听不见你母亲的声音，有些孤单罢了。我们来之前，他父亲去参加香浪节了。朋友说，让他去逛一逛吧，也许心情会好一些。

正聊到这里，朋友的父亲进来了。虽逆着光，但我还是看到了一个瘦削强悍的身影。他脱去皮袄，取下鼻梁上的水晶眼镜，穿着皮靴干脆利落地上了炕。父亲悄悄告诉我，在这里长辈和客人上炕是不脱鞋的。我们刚到时，朋友不让我们脱鞋，说是直接上炕就行，但我们还是脱了鞋。当时我以为是客套，现在才明白真有这个传统。

这位老父亲是典型的藏族汉子，浑身散发着钢铁般的气质，根本不像八十多岁的人。老人去年见过我父亲，笑着打招呼，只是这笑容多少有些僵硬，看来香浪节并没有使老人的心情好一些。看着老人的样子，我竟有些悲伤。那种独行于茫茫世间的孤独，并不是旁人能够理解的。

老人的一只眼是瞎的，父亲告诉我。老人很健谈，只是不会说汉话。好在他儿子的汉话说得很好，能为我们及时而且形象地翻译。在聊天的过程中，朋友总会接到一些电话，有时说藏语，有时说汉语。他告诉我们，母亲的丧事已经办完了，但他想为母亲在寺院供个饭，所以要安排一下。我本以为供个饭，会像说的这般简单，却不知这顿饭差不多要花费朋友一年的工资。说话间，朋友又接到一个电话，是订大饼的。他在电话这头说，一个大饼本来八毛钱，我给你一块钱，你加点面，做大一点，我一共要八百个……朋友诚挚地邀请了我们，希望在寺院供饭那天，我们也能来参加。父亲留下了礼钱，说我们肯定会到的。

朋友母亲离世的消息使这屋子中充满了无常与沧桑的气味。每个人都若有所思，不知是不是被这气味熏染了。但我想，这老宅子肯定比我们淡然，它迎来诞生的婴儿，送走离世的亡者，已有百年时间，红尘本是如此，何必暗自感叹。

离开这座藏宅时，太阳已经西斜，屋子里更昏暗了。窗棂中透过的夕阳照在地上，像开了一扇古老的门。古旧的唐卡快要和墙面融为一体了，唐卡上的班达拉姆仍然一脸忿怒，其实很少有人明白，这忿怒的背后是无尽的悲悯！

走出藏宅，黄昏中的它显得更苍老了，但在夕阳的映照下，却拥有了另外一种灵性。恍惚中，我觉得它不仅仅是一座宅院，更是一个拥有生命和记忆的存在，同我们一样。

11

天地藏寺（上）

天地玄黄
空留繁华无数
日月依旧
历经世事沧桑
苍生如云
随缘舒卷聚散
悲欢无尽
看破红尘诸相
世界，是在那一天醒的

当你背起行囊，穿过荒无人烟的旷野，走过牛羊成群的草原，看过汹涌怒吼的江水，经过寒风凛冽的雪山……当你带着一脸的风霜，满身的尘土，还有灵魂的干渴，踏上这片土地的那一天，世界醒了。你看，不只是蓝天、湖水、雪山，还有五彩飘扬的风马，还有喇嘛绛红的僧袍，还有寺院耀眼的金顶……这些绚丽到极致的颜色，是那样浓烈，就这么赤裸裸地在天地间绽放着，没有一丝一毫的羞涩。

每次到藏地，我内心总激荡着一股无法抑制的澎湃，触目所及的一切，都在洗涤着我，我像个新生儿一样，尽力感受着这个高入云端的世界。这是一种近乎癫狂的亢奋，它几乎左右了我所有的情感。可是，一旦进入寺院，这种亢奋便平息了，如一头被降服的野兽。

藏地的寺院与汉地的寺院大不相同，若是把汉地的寺院比作一首洗心净思的诗，那藏地的寺院肯定是一曲神秘古老的歌。汉地的寺院大多很规整，有山门，有院墙，结构都差不多，占地面积也不是很大。而藏地寺院则不同，它根据地势而建，除过主要的经堂、大殿、佛塔之外，最多的建筑便是僧众的院落，这没有一个明显的边界，所以显得更自由。在藏地，若是出家为僧，家人都会为他们修建一座院子，所以一些较大的寺院，仅僧众的院落便有几千座，有时占满了整座山。

在风格装饰方面，汉地寺院多简洁大方，而藏地寺院则更为复杂多样。我去过很多藏地寺院，不乏名声显赫者，如布达拉宫、西藏三大寺等，也去过一些默默无闻的小寺，但它们给予我的感觉都是相同的：大殿内光影昏暗，待久了容易让人忘记时间，空气中弥漫着酥油味，明灯轻轻地摇曳，微弱的光线映照在佛像上，显得既神秘又庄严，还有那些精致的唐卡，虽然历经了悠悠时光，但矿石颜料展现出的色彩依旧鲜艳……这一切，拥有一种震慑人心的力量，总能让我沉浸于其中，体会这传承了数千年的文化。

幸运的是，我们这次居住的村子对面，便是一座拥有数百年历史的藏传佛教寺院。每天清晨，当第一缕阳光从寺院的金顶上抚过时，我便会感到一种莫名其妙的幸福；每天黄昏，当夕阳给寺院镀上一层金光时，我也会感到一种无与伦比的神圣。因为

寺院的金顶

如此，所以我住得特别踏实，心中有满满的安全感。

虽处于群山之中，但这座寺院的来头并不小，它当初是清朝皇家所建，鼎盛之时，拥有重宝无数，寺院僧众近千人。现在，这座寺院仍拥有五百多僧众，是方圆数百千米内最具声望的寺院。寺院由第一世活佛主持修建，现在的寺主是第五世活佛。寺院的主要建筑有大经堂、闻思学院、时轮学院、医学院、法舞学院和活佛纳乾（藏语：活佛的住宅）。其余便是几百座如豆腐块一般的僧众院落，还有数不清的转经筒。整座寺院金碧辉煌，气势非常恢宏，一走近，庄严之气扑面而来，让人心生敬畏。

我们到这里的头几天，正逢僧众们放假。我曾在村子中遇到过一个小喇嘛，我问他放多长时间假，他告诉我放二十多天。这二十多天，除过值日僧，其余的僧众都会回到家中，度过一个短暂的假期。

吃过晚饭后，父亲带我们步行到寺院。因为放假的缘故，这里非常安静，尤其太阳落山之后，更显得空寂。那些经堂与大殿如一只只息羽的巨鸟，坐落于阴影之中，默默地守护着这块天地。平日人声鼎沸的经堂前，此时空荡荡一片，只有风来回穿梭，偶尔扯响那些五色的经幡。

寂静，如湖水般淹没了我们。

12

天地藏寺（中）

朋友供饭那天，我们如约而至。在我的印象中，那天阳光非常灿烂，如无数跌落的水晶，天空也高远清透，湛蓝一片……我的眼睛仿佛被清泉洗过一般，看到的世界纯净无比，没有一粒灰尘。

在路上，远远地看到寺院，发现今天的它与往日截然不同，没有寂静如水的空荡，也没有风吹残月的孤独，它屹立于山间，如一头充满佛慢的雄狮。喇嘛们的假期已结束，现在全部归来了，他们散落在寺院的每一个角落，或走或停。那绛红色的僧袍，远远望去，如一团团跳跃的火。

“供饭”，听起来很简单，但确实也要费一番周折，而且花费不小，是一件相当隆重的事。根据我之前的了解，我的朋友做了以下准备：首先，给五百多僧众每人供养三十元人民币，还有一个大饼和二两酥油；其次，为所有客人准备一个大饼和一两酥油，并布施十元人民币，这次来的客人共有三百多人。除此之外，还有一顿正餐，叫“酥油米饭”。朋友告诉我，这顿酥油米饭共需要一百斤大米和一百二十斤酥油，还有若干大枣、葡萄干、曲拉、蕨麻、核桃仁等，所有的材料都必须是最新鲜的，这样做出来的酥油米饭才好吃。我问他，有这么大的锅吗？他笑笑说，寺院的锅很大，有一人深呢。

我悄悄地为朋友算了笔账，此次的花费差不多是他一年的收入。朋友说，他是家中的次子，没有继承家产的资格，不过在县城有份稳定的工作。按理来说，供饭这样的事应该由他的哥哥来承担，但是他想为母亲做点事，现在最想做的，就是为母亲在寺院供个饭。朋友还说，其实供饭不仅仅是为了母亲，更是为了父亲，这样多少会让老人家安心。朋友是个老实人，性格很直率，但说这些话时低着头，声音很小，一脸黯然。

今天的寺院里，除过喇嘛们，还有许多身着民族服装的藏族老乡，他们应该是朋友的亲戚。现在的一些藏区，除过老年人，其余的青壮年们平时几乎不穿藏服，他们被汉化得很厉害。我曾与一位藏族学者聊天，他对这样的现状忧心忡忡。他告诉我，一些藏族地区根本看不到藏族文化，孩子们连藏语都不会讲。他怕不久的将来，藏族文化真的会慢慢消失。我相信他所讲的，但是今天的所有来客都穿着藏服，这让我感到了一种浓烈的民族气息。

朋友看到了我们，远远地迎了上来，将我们带到一个小院内。朋友告诉我们，这个小院便是客人们休息的地方，今天会有两顿饭，一顿是大饼、酥油奶茶和炒面，另一顿是酥油米饭。酥油米饭是今天的主餐，当地人最喜欢吃了。但同行者听说一百斤大米，竟然用了一百二十斤酥油，觉得这种吃法真是不可思议。休息的这间小院很简陋，院子当地摆着几根木头，客人们都坐在

藏族少女

木头上。也许这样的活动很少有外来者参加，所以我们的出现引起了一阵小小的骚动。人们目光闪烁地偷看我们，然后窃窃私语，尤其几个小孩子，都笑出了声。

这些藏民们相当淳朴，总是微笑着。我们没有感到任何不适，反而觉得很融洽。我试着与旁边的小孩子聊天，他们很害羞，我忽然觉得他们脸上的高原红，也许不是晒红的，而是羞红的。还有一个女孩子，在人群中很显眼，我并不是说她有多漂亮，而是她身上散发着一种藏族少女特有的气质。我想给她拍张照片，于是征求她的意见。她既不同意，也不拒绝，只是抿着嘴笑。后来，她怀中多了一个婴儿，还不停地逗着婴儿“咯咯”地笑。我吃了一惊，对母亲说她看起来年纪不大，却已经有孩子了。母亲笑了，不让我乱讲，说人家还是个姑娘呢。我问母亲怎么知道的，母亲说，你看这个女孩子的腰带是灰色的，那是用牛毛编的，说明她未婚，已婚妇女用的是绸带。我仔细观察了一番，发现果然如此。

不久后，小院内坐满了人，男女老少都有。大家吃着炒面，喝着奶茶，其乐融融。我也静静地坐在人群中，感受这份祥和，甚至在某些瞬间忘记了朋友母亲逝去的事。是啊，这里看不到哭天抢地，也没有悲痛欲绝，大家从四方赶来，赴逝者今生的最后一约，就如同一场家庭聚会，在送一位游子远行，多好！

13

天地藏寺（下）

院子外面，有一个巨大的煨桑炉。现在，正有许多人在煨桑。他们将松柏枝放入炉内焚烧，等松柏枝燃起后，再在火堆上供养一些糌粑、炒面等。在藏地，常常可以看到煨桑者，有时是一群人，有时是一个人。河边、路旁、山间到处都能看到煨桑后的痕迹。对于藏族人来说，煨桑太重要了，它能净化污秽、驱赶邪灵和供养神灵。我曾在住的村子里，发现一位老阿妈每天都要煨桑，刚开始我并未在意，因为藏地虔诚的人太多了，许多人为了修行穷其一生。后来，我才知道这位老阿妈每天煨桑，是为了她的儿子，她的儿子是那件血案中的另一个凶手。于是我明白了，那袅袅的桑烟，是一位母亲滴血的心，她希望这淡青色的烟雾，能净化儿子的心灵，能让他快点归来。

此时，浓浓的桑烟冲天而起，如一张大网布在了寺院的上空，然后缓缓地消失于天际。这些随风飘散的青烟，是藏族人与神灵沟通的方式，它们燃烧了千年，安抚了无数平静或是躁动的灵魂。

煨桑炉的旁边，有一个神秘的小屋，许多赤脚的小喇嘛，从这里进进出出。朋友嘱咐我，可不能进去，这里面是喇嘛们做饭的地方，那口一人深的大锅就在里面，喇嘛们很忌讳世俗人进入他们的厨房。于是，我远远地躲开了，生怕一不小心会触犯别人的禁忌。

再旁边，便是大经堂了，这是寺院中最重要的地方，喇嘛们每天都要在这里诵经。大经堂前，许多人手持着哈达排着队，准备进入经堂。我发现，朋友的父亲站在队伍的最前面，仅仅几天时间，他竟苍老了许多，身上那种钢铁般的坚毅也消失了，取而代之的是虔诚和悲怆。看着这位风烛残年的老人，我忽然觉得很难受。

我脱下帽子，手持着哈达，跟在队伍的最后，也进入了大经堂。踏入大经堂的刹那，身后的世界骤然间被隔绝了，我仿佛进入了另外一层时空。大经堂昏暗、庄严，摇曳着千盏酥油灯。喇嘛们的诵经声，浑厚而富有磁性，那韵律如浪涛一般，一圈一圈地荡漾开来，淹没了我。我随着人流，缓慢地移动，恭敬地顶礼着诸佛与护法。身旁的老阿妈们，虔诚而平静，默默地诵着咒子，她们的瞳孔上倒映出酥油灯闪烁的光影。还有一些女子匆匆走过，偶尔停下来，为一盏快要熄灭的酥油灯再添一勺酥油。经堂中悬挂着七彩的宝幢，宝幢下面，便是诵经的喇嘛们。喇嘛们有老有少，老喇嘛们都很专注，倒是一些小喇嘛们左顾右盼，如一只只机灵的猴子。

献完哈达后，我出了经堂，外面阳光正灿烂。经堂前，我又遇到了那只山羊，与以往一样，它仍是一身傲慢，仿佛它才是这寺院的寺主。这是一只放生羊，我每次来寺院，总会遇到它，

点灯

它的角很长，拖着一地羊毛，带着让人闻风却步的膻味。这只放生羊很有意思，它明明是只羊，却总是一副狮子的派头，傲慢而无畏，也许它真的认为自己是一只狮子吧。

再次回到院子中，仍是一片和谐。我刚坐下不久，便上正餐了，正是传说中的酥油米饭。果不其然，这味道太特别了，我还真接受不了。倒是父亲很爱吃，说是人间美味。吃过酥油米饭，今天的活动就结束了。

我们随着人群下了山，在小路的尽头，我又一次回首，看这座庄严的寺院。你瞧，在这穹空之下，在这高原之上，它多像一座灯塔，照耀着信仰者的前生今世。这片地域上的人们，无论生、老、病、死，都与它息息相关，它不仅仅是一座建筑，更是藏民的敬畏和向往。而生活在都市的我们，虽面对着无数摩天大楼，却没有一个能安放灵魂的角落。是的，桑烟终究会散去，咒声终究会停止，山河终究会变幻，日月终究会交替。可是，我们依旧需要灵魂的依怙，依旧需要一个地方，可以虔诚地匍匐。

几天之后，我们就要离开这里了。我不伤感，只是有些怀念。我虽无法准确地记得这里的一草一木，但它们确实曾走入了我的生命，这就够了。你说呢？

14

风马灵魂

我在想，这些翻飞的风马，也许是雪域高原上永不消散的灵魂。你看，巍峨的神山之上，清澈的圣湖之畔，古老的寺院之间，无数的嘛呢堆前……那一条条、一串串、一片片，纵横交错，在大地与天空之间，昼夜不停地飘荡。

“风马”，即“隆达”。在藏语中，“隆”是风之意，“达”是马之意。所以，译为“风马”。我很喜欢这个名字，总觉得它桀骜不驯，像一颗追求自由的心。风马，共有白、红、蓝、黄、绿五色，上面印有身驮三宝的骏马，以及各种经文神咒。它一般有两种，一种是经幡，根据建筑地势等或横或纵地悬挂，远远看上去绚烂一片，像是永不凋谢的花。另一种，印在方形的五彩小纸片上，一沓又一沓。每当藏民经过高山，祭祀神灵，都会在山顶放风马。他们一边振臂高呼，一边高高地抛起风马。这些五彩的纸片，驾着风，潇洒地散开，如雪花一般翻飞飘远。

风马，代表着藏民美好在愿望。无论是清

晨还是黄昏，无论是盛夏还是严冬，风马永远在翻飞飘荡，仿佛无休止地念诵着经文。它们想借助奔驰的马、凛冽的风，将这片高原上的虔诚与敬畏，传递到世界上最远的地方。

小时候，随父母去藏地，常看到藏民放风马，那时我并不知道其中的含义，只觉得这仪式豪放自由，非常喜欢。很多年后，我再次来到藏地，在一个明净无尘的晴日，我带着虔诚与敬畏，还有一双跋涉的脚和一颗自由的心，去放风马。

放风马的地方在山顶，通往山顶的路通常都不好走。一路上，我们经过了村庄和田地，还有磕长头的人们。他们在路上一次次匍匐，一次次站起，沾满泥土的黑红色脸庞上充满笑容，阳光下，这笑容明亮得让人疼痛。我们还经过了冬季的牧场，牧场里没有人，那些木屋简陋而腐朽，仿佛再也经不起一声轻微的咳嗽。青草倒是很茂盛，快要淹没了膝盖。草间散落着美丽的格桑花，风吹过，花瓣轻轻地颤动，像极了蝴蝶的翅膀。这牧场，偏僻而静谧，阳光正好，恍如童话里的世界。我很想在这里躺上片刻，什么也不做，只是看看书，或是想想自己。不过冬季来临后，这牧场就大不一样了，那时候有毡房还有炊烟，有牛群还有挤牛奶的女人。

继续往山上走，路在山间盘绕，一个弯又一个弯，怎么也看不到尽头。冬季的牧场早已隐没在一片云杉之后。偶尔，我们会看到胖乎乎的旱獭，它们拼命地逃窜，那慌乱的样子很是可爱。走啊走，越走越高，更高的山头在远方；走啊走，越走越远，更长的路也在远方。我默默地想，那终点不过是另一个起点，抵达不过是为了下一次启程，我们为什么要匆忙，像那旱獭一样？邂逅的、离别的、留恋的、遗弃的，都是以往或未来的自己，何必要歇斯底里？何必要空虚无助？因为无论怎样，过去的终会过去，留下的终会留下。

飘扬的风马旗

终于到山顶了，视野中一片空旷，颇有“一览众山小”之感。天空一如既往的湛蓝、高远、纯粹，让人想流泪。为了这一刻，再遥远的路途都值得。

一大片风马旗矗立于山顶，在劲风中猎猎作响。那彩旗上的骏马，真有乘风奔驰之感。我们呼喊着，将风马高高地抛起。空中的风马“哗”一声散开了，然后翻飞着飘向远方。一声声呼喊，一次次抛起，我觉得放飞的不仅是风马，还有我们自己。其实，我们都是风马，在宇宙和轮回中，生生世世地翻飞飘荡着，一次又一次，永不停息。

飞吧！尽情地飞吧！带着自由和灵魂，跨过高山，越过河流，一次次邂逅，又一次次离别……你想要的，仍在远方……

千年了
你仍在飘荡
偶尔藏进远方的落日里
用辉煌的光影，掩盖
寂寞的云烟
满天星光
穿越迷雾与黑夜
落在我肩上
轻如蝉翼
化为一朵朵青莲
青莲，最后的归宿
是你的眼眸

还有梦里的湖泊

依偎在雪山下
清澈又唯美
映着天空
千百世地荡漾，如一位
等待情人的女子
只是，别哭
那些荒冢
是虚假的梦境
埋葬不了
你憔悴的爱情

我来的时候，是盛夏
阳光正烈，融化了所有腐朽
我走的时候，秋意渐浓
天空高远，惆怅了所有云彩
你的掌纹，印在落叶里
枯黄了一次又一次，离别
我的足迹，消散在风里
迷失了所有，悲喜
长路迢迢，遥遥无期
你到与不到，它就在那里

那么，忘却所有相遇吧
你继续飘荡
在暮光中
乘风破云
直到，下一个千年

15

后会有期

怀念，只是怀念
犹如这季节
黄叶漫了古道
秋风轻袭
惹出无数呓语

从藏地回来，也有些时日了。秋日的午后，泡一杯普洱，斜靠在窗前，望着车水马龙的大街，蓦然间竟有种淡淡的惆怅。不知不觉，杯中的茶凉了，那浓烈的红色与落叶已是相同的温度。怀旧的人，容易多愁善感，总在感叹时光的流逝，总在追忆似水的年华，我正是如此。其实都明白，相聚是短暂的，离别是永恒的，望一眼你我，一切都太匆匆。可我仍然想说“后会有期”，说给如风的岁月，说给曾经的自己。

这不是一次流浪，也不是一次旅行，不是简单的出发，更不是最终的抵达。我们没有历尽千辛万苦，也没有跋涉到天涯海角，我们只是默默地看，悄悄地走，一次又一次，一天又一天。

但这些，都进入了我们的生命，甚至留下了刻骨铭心的印记。

2014年6月6日，我们从岭南出发，除了父母和妻子，我还带上了不满周岁的女儿。别人说，孩子太小了，不适合长途跋涉。其实“跋涉”是个太过用力的词，总让人觉得艰难，我更愿意理解为“感受”，感受自然，感受生命，感受一切我们可以感受的东西。虽然女儿还小，无法记事，但我的人生需要她，也许若干年后，我会跟她分享这次远行，并告诉她，一路上有你。不过，女儿适应这次远行的程度，还是超乎我们的想象。她上车就睡，下车就玩，不受任何影响，并且在四川凉山彝族自治州度过了自己周岁的生日。我想，对于女儿来说，这绝对是一次无与伦比的经历。

这次的目的地是藏地，所以虽然我们途经了很多地区，但并不深入采访，也不去旅游景点，以赶路为主。就算如此，一路上还是给我带来了很多震撼。这震撼，除过自然之外，更多的是人文。我们从广东出发，经过广西、贵州、云南、四川，最后抵达甘肃，这期间整个自然环境与地貌，都在发生着翻天覆地的变化，民俗风情也各不相同。一些地方的风景美得让人陶醉，而另一些地方对自然的破坏却让人心碎。更明显的是，有信仰的地区与没有信仰的地区相比，人们的精神状态截然不同。还有道路，它能让你如虎添翼，也能让你寸步难行。这是我第一次开车远行，没有任何经验，虽然遇到一些困难，但最终都化险为夷。经过了11天的奔波，在6月17日晚上，我们安全抵达老家凉州。

在凉州，我们并未久留，短暂调整后，马上赶往藏地。这种感觉很奇怪，我曾在这片土地上生活了二十多年，现在却如同一位过客。

我们去的地方是普通且原始的藏寨，没有举世闻名的景点，所以没有游客，甚至很少有外来人涉足。人们过的是纯正的藏式生活，而这正是我们想要了解的。我们租用了当地藏民的一院房子，房东人很好，处处照顾我们。自此，我们开始了淳朴的藏地生活，曾经的世界一下子被隔远了，喧嚣不再，每天听见最多的是流水声和鸟叫。

与一些景点不同，那里没有迎合，没有渲染，更没有机关算尽的表演。所以那些日子里，我拥有了另外一种心境，体验到了不一样的人生。这绝不是随便观光一下、故作矫情就能得到的。我们与老人聊天，去寺院转经，在河边打水，还观看赛马。我们放下观念，抛开成见，拒绝评判，全身心地感受这块土地，于是它在我们心中活了，那一个个人物，一段段历史，还有口耳相传的故事，全部都活了。我们眼前，出现了另外一个截然不同而且充满生机的世界。对我来说，这是最宝贵的财富。

除此之外，那块地方还给我留下了独特的记忆。先是莫名其妙地得了腮腺炎，然后又不小心崴了脚。得腮腺炎那次，我更是破天荒地到当地卫生院打了针，要知道我上次打针时还在读小学。不过也好，倒是体验了一把藏地的卫生院，说实话医生打针技术不错，不怎么疼，而且药便宜得让人咂舌。后来不小心崴到了脚，脚踝肿得一塌糊涂，好在没伤到骨头。因为是左脚，也不耽误开车。幸好如此，没有影响到大家的计划，不过此后的行程对我来说就艰难了很多。现在，左脚踝仍然隐隐作痛，像是有意提醒我，多写点文字以纪念这段时光。

后来，我们又去了其他的一些藏族小镇。那里，阳光一如既往地灿烂，空气通透洁净，人们幸福地笑。我们风尘仆仆地来，又风尘仆仆地离开，仿佛只为赴它一面之约。离开藏地的前一天，远方的一个藏寨要举行盛大的插箭活动，有数千人参加。我们凌晨三点出发，按时赶到了那里。天空一样广阔的草原上，洒满了帐篷，男人们骑着骏马上了山顶。他们先是煨桑，然后插箭祭神，并振臂高呼，将数以万计的风马高高抛起，无数风马在空中尽情翻飞，飘向远山。最后是赛马，彪悍的藏族汉子，骑着嘶鸣的骏马，绝尘而去。这一天是我二十七岁的生日，我将它留在了这片高原上。

……

如今，凉州的秋意渐浓，落叶纷纷。而那段时光虽然记忆犹新，却也渐行渐远了，如同尘埃一般，沉淀进了记忆的深海。几日后，我将背起行囊，再次南下，回到我曾经出发的地方，那里没有秋天，那里依旧温暖。只是，在无数个闲暇间，我仍会想起那片土地，想起那里湛蓝的天和凛冽的风，还有翻飞的风马。我知道，天下没有不散的筵席，人生太匆匆，世界太匆匆。可是，我还是想说“后会有期”，说给消逝的青春，说给曾经的自己。

毕竟，我来过。

——2014年10月8日于凉州

孤独的圣地——印度朝圣记（节选）

在我心中，印度还有另外一个名字：天竺。当然，这是由于《西游记》的缘故。唐僧取经这个故事，已经深深烙印在中国人的记忆当中。

01

缘　起

在我心中，印度还有另外一个名字：天竺。当然，这是由于《西游记》的缘故。唐僧取经这个故事，已经深深烙印在中国人的记忆当中。所以，我心中的印度，或者叫“天竺”。那是一个远在天边儿的国度，这里的“远”不是地理上的距离，而是心灵中的距离。在我眼中，它不可触及，如空中楼阁一般，处于迷雾当中，只应该在神话与传说中出现。

当然，不仅仅是《西游记》的缘故，更因为印度是佛陀的故乡。两千五百多年以前，就是在这片浑厚的黄土地上，在一个叫迦毗罗卫（位于今尼泊尔境内）的城中，有一位叫乔达摩·悉达多的王子。在浩瀚的历史长河中，一座小城诞生一位王子，并不是一个多么闪耀的事件，但就是这位王子，日后成为人类历史中伟大的存在。

恒河边的印度教徒

在二十九岁那年，王子深切地体会到生、老、病、死的痛苦，也看到了诸多笼罩生命的迷雾，他想窥破繁华的虚相，参破生死的秘密。

于是，王子舍弃尊贵的身份和奢华生活，以及妻子和儿子，离家远行，去寻觅究竟智慧和终极真理。他曾跋涉，从一座山走到另一座山，从一片土地走到另一片土地。他曾苦行，极端地折磨身体，然后体验极致的痛苦。然而这一切，并没有解除他生命的困惑和心灵的痛苦。意识到这一点之后，王子结束极致的苦行，他坐在菩提树下，禅定冥思。

这一次，他成功了。天摇地动，世界震颤。这是人类历史中闪耀的一刻。究竟的智慧，最终扫除漫天迷雾。于是，这位叫乔达摩·悉达多的男子成为佛陀：觉悟的人。

这不是结尾，只是开始。此后的四十五年间，这位智者满怀悲悯，用一个又一个踏实的脚印，行走在印度北部的一些地方。

两千五百多年，寒来暑往，日月盈昃。再辉煌的王朝也如季节般更替，再繁华的宫殿也化为灰烬，在这片看似相同的大地上，无数的人匆匆而来，又匆匆而去，他们的爱恨情仇、成败恩怨都如烟雾般消散了，在历史的天空下，留不下一丝一毫的痕迹。可是佛陀的智慧与慈悲，却穿越悠悠千年、浩瀚时空，直至今天仍然在扫除着人们生命的迷雾和心灵的疑惑，将清凉、宁静与智慧带给一个又一个烦恼而执著的灵魂。

而我，就是其中受益匪浅的一位。

所以，要去佛陀的故乡，要亲自去触摸他生活过的地方，我难免激动。

当然，除了以上原因之外，印度确实也是一个值得探索的国家。神秘的恒河、异域风情的建筑、坚毅的苦行者、怪味的咖喱、久远流传的神话故事、风靡世界的瑜伽、随风起舞的纱丽、女子眉间的朱砂……复杂而缥缈，这便是印度，一个身处迷雾中的神奇国度。

印度，我来了！

02

憧　憬

其实，想去印度朝圣的念头由来已久，只不过总被俗事缠身，一直无法成行。可现在想来，那些缠身的俗事，其实是我们自己放不下的借口。人的一生中，充满了各种形形色色的借口，一般分为两类：执著或是懒惰。有些人，一个借口混过一时；有些人，一个借口混过一生。朝圣也是这样，其实需要的，不过是一颗虔诚的心和一双跋涉的脚。

腊月二十三，是小年。在北方，这一天要供灶爷。老家传统里，外出离家的人也要在这一天赶回来。所以在北方，这一天很重要，家家会放鞭炮，而弥漫在城市中的鞭炮味，很大程度上也等同于年味。虽身在南方，但我们一家还是按老家的传统过了小年。

过完小年，我将妻子与女儿送上飞往老家的航班。女儿太小，不满一岁，不适合长途奔波。而这次朝圣的时间，恰好是春节。所以，我决定将她与妻子送回老家过年。虽不能陪女儿过她生命中的第一个年，略有遗憾，但远在印度的我，能在佛陀的故乡为她祝福，也很有意义。

这次去印度，除了朝圣本身，我们还有一个重要的任务：拍摄纪录片——一部关于我们一行人朝圣的纪录片。为此，父亲专门请来曾在美国好莱坞工作的摄影师，给我们进行了为期一周的培训。且不论水平如何，那段时间我们真是摩拳擦掌，斗志昂扬，精心准备拍摄需要的一切。我们讨论拍摄方案，制定拍摄计划，列出分镜表，进行拍摄分工。现在想来，我们可真是一群不知天高地厚的初生牛犊，不顾自身稚嫩的手脚，却想打下一片天地。

其实，我们虽信心满满，但内心也忐忑不安。因为我们面对的一切都是未知的，不知道会不会出现意料之外的状况。不过，就我个人而言，对这次朝圣非常憧憬，前方越是未知，我越兴奋。

临行前，一些对印度略有了解的朋友告诉我们一些注意事项，大概有以下几点：

第一，女性要注意安全，尤其到晚上切不可单独外出，在印度的一些偏远地方，治安并不是很好；

第二，注意食物安全，不要吃生食，也不要喝生水，最好喝瓶装水；

第三，不要乱搭讪，对陌生人不要掉以轻心，小心被骗；

第四，无穷无尽的乞丐，最好不要施舍，否则将无法脱身，甚至会被抢劫；

第五，印度是宗教国家，有很多不同的宗教，要尊重他们的习俗，注意他们的禁忌；

第六，上厕所切记带手纸。

……

听完这些，我瞬间从云雾缭绕的空中楼阁，掉到残酷真实的现实世界。恍惚间，我一时竟回不过神。

我的大脑似乎出现了短暂的短路，虽然对印度的落后有所耳闻，但还是很难将以上的注意事项与神圣的天竺佛国接轨。

我知道，这些都是事实，只不过是我的感情一时难以接受。一方面，我们满怀虔诚，将自己的灵魂匍匐在朝圣路上；另一方面，我们却全副武装，提高警惕，如同去蛮荒之地探险。在我看来，这多少有些矛盾。我本来打算全身心地拥抱印度，现在却不得不收起张开的臂膀。当下，我们似乎只能顶礼它的历史，而摒弃它的现在。

或许这就是现实，而我一直活在梦幻之中。

带着这份矛盾与疑惑，我还是如约赶往机场。因为我知道，朝圣途中我会找到答案。朝圣归来，一切都会迎刃而解。

03

启　程

1月26日，广州白云国际机场。

我们一行共十七人集合在出发大厅，大家看起来都意气风发。当然，现在大家还不知道，我们的航班已经被取消了。当我们得知这个消息时，都惊讶极了。航空公司告诉我们，因为新德里雾霾弥漫，飞机无法降落。

雾霾？蹩脚的借口，印度哪来那么多雾霾？我对航空公司这个借口实在瞧不上眼。不过无可奈何，还是上了大巴，住进了航空公司安排的宾馆。不过，后来的遭遇告诉我，这一次我真是冤枉航空公司了。

1月27日凌晨五点，我们从宾馆出发赶往机场。

换登机牌、托运行李、安检、边检，终于到了登机口。

谁料航班又延误了，从早晨六点一直等到九点，毫无动静。

这次，登机口的印度人不淡定了。他们围着南航工作人员不依不饶。不过话说回来，这趟航班印度人确实不少，男女老少都有。我上前一听，他们竟然用一口流利的汉语在吵架：

“我打电话给新德里的朋友了，根本就没有雾霾。”

“你做不了主，找你们经理和我们讲话！”

“……”

我一边看一边略感震惊。在我以往的认识中，隔着喜马拉雅山的中国和印度，大概是两个截然不同的世界。而现在，一群在中国的印度人，竟然在用流利的汉语吵架。我只好承认自己少见多怪，孤陋寡闻。

这中间还发生了一个小插曲。看到这闹闹嚷嚷的场面，同行的朋友拿着相机走了过来，顺便问了句：

“What's wrong?”

旁边一位好心的印度人用英语叽里呱啦地解释了一大堆，谁知我那朋友一惊，瞬间冰化，直接被冻在原地。好在她反应敏捷，眼中虽一片迷茫，但还是回过神来忙说：

“哦……哦……天气原因啊……”

我知道她没听懂，于是和旁边的陈建新一起狂笑。

这个插曲，开启了我们的英语尴尬之幕，到朝圣后期我才深刻体会到，掌握一门外语有多么重要。

不知道是新德里的雾霾消散了，还是印度人的“围攻”起了作用。不久之后，我们终于登上了飞往印度的客机。在机舱中，我遇到了那位印度人，我夸他汉语不错，他笑着说：

“我是本地人！”

外出时，无论乘坐何种交通工具，我都喜欢靠窗户坐。看着窗外一闪而过的风景，我心中总有种难以言说的情愫。我眼前的风景，代表着时间，它静静地流淌，悄悄地消逝，让无常拥有一份忧伤的质感，让心灵体会生命流逝的沧桑。我眼前的风景，也代表着记忆，它或清晰，或朦胧，或刻骨铭心，或转瞬即逝，无论怎样都不要紧，它总会在身后的天空中消失，如一缕青烟散入虚空。

体会这种流逝的感觉会让我沉静，会让我的眼睛更透彻，会让我的心更清明，会让我透过喧嚣，更接近生命的本质。

我爱这种感觉。

这次也一样，我静静地看着窗外，看着飞机穿越厚厚的云层，看着云层之上的阳光一片灿烂。

正如父亲在我手中书上题的那几句话：

朝圣去印度，
飞机云里出。
一点光明生，
雪里白莲路。

从广州飞往新德里需要六个小时，比我想象的短。玄奘大师西行，来回共耗费十七年之久，历经千难万阻，身处无数险境，用一个个实实在在的脚印，丈量出信仰之路。不仅仅是玄奘大师，还有琼波浪觉，他数次翻越巍峨险峻的雪山，将生死置之度外。还有法显、义净、不空、慧超……他们都曾在西行之路上跋涉过，都曾经历过常人难以想象的艰难，这一切只为智慧与慈悲。

所以，仅六个小时的路程，让我有种莫名的失落。在我的潜意识中，似乎希望这一次的朝圣不要太舒适，最好略显艰难，这样才有意义。

飞行的前半程，机窗外全是厚厚的云层，几乎密不透风，根本看不到地貌特征。云层千奇百怪，万般变化，极为奇特，充满着想象力。

到后半程时，云层便渐渐淡了，也看得清下面的地貌，是无边的山区，隐约可以分辨出蜿蜒的小道，如盘根错节的树根，又如遗失已久的蛛网。偶尔也会看到零星的村庄，很多房屋聚集在一起，如蚂蚁窝一般。不久后，便看到了峰峦叠起的山脉，很是险峻，又延绵不绝，真是两个世界的屏障。山间也会有河，弯曲地流淌，偶尔反射出阳光，显得瘦弱而孤独。再往远看，山与天相接，分界线非常明显，上面是透彻无际的青天，下面便是朦胧复杂的红尘。

04

初　见

六个小时后，飞机降落，我们抵达印度新德里英迪拉·甘地国际机场。

印度不愧是宗教大国，机场的气氛与国内完全不同，到处弥漫着浓浓的宗教味，极具异域特点。除了各种佛像与神像外，最让我记忆深刻的便是入境大厅那一排各不相同的巨大手印，显得庄严而神秘。

环顾四周，首先映入眼帘的，是无数色彩缤纷的广告版，一般都是用英语和印地语两种语言书写。之前没有注意过印地语，现在才发现它与藏语有几分相似，我觉得很久之前，它们应该属于同一语系，或是两者之间曾发生过相互影响。

印度的历史悠久而复杂，很多文化在这里都留下过痕迹。机场虽是一个国家极小的一角，却也可以窥见一斑。周围的人群里，除了一些人的现代化着装外，很多人还保留着传统的服饰与装扮。

不远处，几位身着纱丽的美丽女子，谈笑间飘然而至，风姿极为绰约。她们的眼睛美如皓月，盼顾之间尽显多情，而又清澈无比，仿佛容不得半点人间烟火。小巧的鼻环，配上眉间的朱砂，灵动而神秘，充满异域风情，似乎刚从《一千零一夜》中走出来。她们身上的纱丽绚丽多彩，飘逸间如蝴蝶扇动的翅膀。

纱丽，这个名字我听过多次，现在才正式领略到它的魅力。印度女人很爱纱丽，这是她们一生都无法割舍的情结。整个朝圣途中，无论是繁华的现代都市，还是偏僻落后的山野乡村，从十几岁的小姑娘到佝偻着背的年迈老妪，都会身着纱丽。纱丽虽有贵贱，但爱纱丽之心不分深浅。

后来，在购买纱丽时我才发现，美丽神秘的纱丽只是一块五六米长、一米多宽的布料，不过色彩确实艳丽，图案搭配丰富而奇特。不过很可惜，同行的女性朋友，无论怎样打理，都无法穿出印度女人的神韵。私下里，我暗暗感叹，这纱丽真是上天赐予印度女人最美的礼物。同时，这纱丽也代表了印度女人对美的理解与诠释。

以前在广州白云机场候机时，我便看到了一位包着头巾的男子，他大致六十多岁，一脸花白的胡子，连眉毛也异常浓密，就算不言不语也很有气势，仿佛国王一般。我走上前去想与他合影，他愉快地答应了，一只手搭在我的肩膀上，很有分量，我能感觉到他是个体格强壮的人。

而到印度之后，我发现包头巾的男子并不少。我还曾笑称，也要买个头巾包一下。刚开始，我并不懂他们为什么要包头巾，印度大部分时间很热，包这样一个厚重的头巾，既不舒适又不方便。后来我才知道，包头巾的男子都是锡克人，他们信仰锡克教。不仅仅是包头巾，他们还要留长发、蓄胡须。那个厚重的头巾里，包的是他们长长的头发。在他们看来，这头巾如同生命

耍蛇的人

一样重要。

锡克教既不属于印度教，也不属于伊斯兰教，而是融合了两者之后诞生的。在虔诚运动后，它逐渐发展成为一个独立的宗教。

据说，当时种姓制度引起大批民众不满，而且伊斯兰教入侵，强迫人民改信伊斯兰教，在这种状况下，社会矛盾加剧，国家动荡混乱，锡克教应运而生。锡克在梵文里是学生、弟子、门徒的意思。锡克教不赞成印度教的种姓制度，也不赞成伊斯兰教用武力排斥其他宗教，它提倡人人平等、公正、扶贫济弱，所以锡克教很快发展起来。虽是这样，但锡克教还是一个坎坷的宗教，后来它卷入很多纷争，锡克教的几代上师不是自杀便是被杀。

长期的动荡与战争使锡克人变得强悍而勇敢，具有军人的素质。锡克教男子甚至以“雄狮”为名。现在，锡克人强调勤劳致富、团结互助，所以在乞丐遍地的印度，几乎看不见锡克乞丐。经过后来的一些遭遇，我发现只此一点，就可以让我对锡克人充满尊敬。

当代，约有两千多万锡克人生活在印度。虽然锡克教创教至今不足六百年，但能在宗教林立的印度占有重要的一席之地，实属不易。要知道，连世界三大宗教之一的佛教，在今天的印度都已经消失了。

除了包头巾的锡克人，我身边也常经过身披黑袍的穆斯林妇女。这些黑袍大多很有质感，也非常柔顺，看得出是由高档面料制作而成，价格不菲。这些黑袍对于穆斯林妇女来说，不仅仅是一件衣服，更代表了一种文化与信仰，有着明显的宗教痕迹。在伊斯兰文化中，女性不可穿暴露自己体形的衣服，除去双手与面部外，其他部位都应该包裹起来。在陌生男人前，暴露自己的体形与皮肤，被认为是邪淫的，若是引起男人的非分之想，更是罪恶的。据说，在伊斯兰国家中，女性的社会地位不高，最初女性着黑袍是出于自我保护。当然，在伊斯兰教义中，对女性的服饰也是有要求的。

这件黑袍，很长一段时间内将穆斯林女性与世界隔绝。在我以往的意识中，身披黑袍的穆斯林女性冰冷而神秘，仿佛没有任何感情。直到后来，我看了一本叫《我在伊朗长大》的漫画书，才明白了穆斯林女性的爱恨与悲欢，才了解到那黑袍里包裹的是一个个鲜活的生命！我们要尊重女性，更要尊重身披黑袍的穆斯林妇女。在飞速发展而又浮躁的当代社会，那黑袍也代表了一种对传统的坚守、对信仰的敬畏。

在转机的短短一段路途中，我便见到了许多身着传统服饰的印度人。他们非常自然，毫无做作，身旁的路人并不特意围观。由此可见，身着传统服饰是他们日常生活的一部分。这真是不容易。要知道英国人殖民统治印度一百多年，连英语都成了印度的官方语言，却没有改变印度人的穿衣习惯，真是不可思议。反过来看，中国历史悠久，文化博大精深，而传统服饰早已走出了人们的日常生活。汉服、唐装、长衫、旗袍、马褂……现在，只能在电影电视里才能看到它们的踪影，日常生活中极为少见。固然，我们是为了舒适、方便，但在舒适、方便之余，我们能否把遗落在历史中的服饰，偶尔捡起，不为别的，只为传承一种文化，尊重一种传统。

除此之外，我还有一个发现。今天的印度，还有许多其他宗教。这些人虽信仰不同，但大多都和平相处。各宗各派的无数信仰者，他们只是默默坚守自己的信仰，并没有把信仰当作侵略和屠杀的借口。一路上，我碰到了各种信仰者，他们的眼神平和而自然，没有嗔恨，也没有戾气。是的，印度的历史几乎可以说是一部宗教斗争史，充满死亡与毁灭。很多宗教与民族，都在印度大地上举起过屠刀……从最早的雅利安人，到伊斯兰大军，接着是更强大的蒙古人和中亚的突厥人，以及最后的英国人。他们时而侵略别人，时而被别人侵略。但是今天，印度大地上没有出现历史中那样的杀戮，大家都相互包容，和睦相处。我不懂政治，也无意去评判民族纠纷，但是，无论在任何时候、任何地点，宗教与信仰都不应该成为杀戮的借口，都不应该成为高举的屠刀。宗教与信仰带给人类的，应该是向上、智慧、慈悲，而不是杀戮、血腥、死亡。

此时，我更加尊敬那位被称作“圣雄”的老者——甘地。虽然，刺杀他的人是印度教徒，但他还是改变了印度，他被称为“印度国父”。

05

机　场

据说新德里有三个机场，我们抵达的英迪拉·甘地机场是国际机场，算得上高端豪华。从这里去另一个国内机场，大致有十多分钟的车程。本来我们要坐火车前往勒克瑙，但因为前一天航班取消，延误了行程，所以改乘飞机，乘坐印度国内航班。

相较于新德里英迪拉·甘地国际机场，这个国内机场便显得简陋一些。当然，这里的“简陋”是相比较而言，总体来说还算不错，干净宽敞。但有一点与国内机场大不相同，这个机场的工作人员全部是军人，他（她）们身着军装，实枪荷弹，而且不苟言笑，让人略感紧张。尤其把守出入口的几位军人，更是手持冲锋枪。请原谅我用“把守”这个词，但这是当时从我脑海里跳出的第一个词。

之前，我并没有听到关于印度国内局势动荡的新闻，不知道他们为何如此戒备。过安检时，这种体会更深。安检过程重复烦琐，不是很人性化。尤其对待我们这些外国人，更是格外仔细，受到的待遇与一旁的印度人截然不同。最可怜的是父亲，因为他那一脸霸气十足的胡子，再加上异于常人的相貌，每次都被“特殊照顾”。他的行李被翻得底朝天，不停地过安检仪，连他自己以为丢失已久的东西都被找到了。看着时间还充裕，我们便在一旁幸灾乐祸。父亲倒是不着急，非常淡定，看来早已习惯这种待遇。

后来他告诉我，与中国作家代表团出国时，每次过安检都是领导帮他提箱子，因为这样会节省很多时间。之前，因为自己还没有长出他那种霸气的胡子，所以一直耿耿于怀，现在我释然了很多。

从新德里飞往勒克瑙，需要两个半小时。说起来，这家印度国内航空公司略显小气，连杯水也不送，所有饮料都需要用卢比来买。而我们还没有来得及换卢比，渴得嗓子都冒烟了。此时，我无比怀念国内的航空公司。

我依然坐在靠窗的位置。窗外一片清明寂静，天空晴朗透彻，无一丝杂尘，显得苍茫高远，虽在万米高空，但仍觉得无法触及。我将身心放空，静静地品味这份无边无际的清澈，默默地体会这种穿越时空的感觉，觉得世界都静止了，好像千百年来一直都这样，从不曾改变过。

不久之后，夕阳西下。我从未见过如此美妙的落日。余晖千丈，落在云彩之上，辉煌一片，营造出神圣无数。此时，连机翼也沾满金光，恍惚间仿佛化身为扶摇九天之上的大鹏金翅鸟。远处，天地的分界线清晰明了，无限笔直地向远方延伸。我想，夕阳金黄的余晖，肯定也映照到了我的脸上，反射出无数憧憬与幻想。

夕阳消逝的同时，飞机也开始降落。地面上黑暗一片，夜晚已来临。抵达勒克瑙阿玛乌斯机场时，已是北京时间九点半，不过因为有两个小时的时差，当地时间仅是七点半。算算从北京时间凌晨五点到现在，我们已经奔波了十六个小时。

说起时差，也很有意思。从印度到尼泊尔，时差在两个小时到三个小时之间跳转。刚开始，对于这点时差，我根本不在意，也没有特意调表。结果整个朝圣之旅，我都处于时间混乱状态。后来，甚至到了让我抓狂的地步，常常是半夜莫名其妙地起床，或是等别人快吃完饭才赶到餐厅。在异域，我倔强地过着北京时间，孤独而迷茫。

06

勒克瑙

勒克瑙，印度北方邦的首府，北印度仅次于新德里的第二大城市。

北方邦，印度第四大邦，人口近二亿，是全世界人口最多的省级行政单位。在文化上，北方邦也具有极重要的意义。闻名世界的泰姬陵，便是在北方邦；印度教圣城——瓦拉纳西，也在北方邦；而佛陀释迦牟尼，更是以北方邦为中心传教布道。这次我们朝圣计划中的很多圣地，都在北方邦。

大巴缓缓行驶进勒克瑙，这是我第一次近距离观察印度城市。勒克瑙是北方邦首府，在印度不称之为省会，都统一称首府。虽是印度人口最多的北方邦首府，还是北印度第二大城市，但我看到的勒克瑙，仍略显落后，有点像上世纪八九十年代的中国。

除去机场外，一路上我没有看到比较高端的现代化建筑，大多是参差不齐的平房；也没有看到绚丽多彩的霓虹灯，只有无数小小的灯泡，朦胧而温馨地照亮一小片地方；更没有看到宽敞干净的立交桥，昏暗中只见无数蜿蜒的羊肠小路爬向四方……

大巴缓慢地行驶，沿街布满小商店，有的仅有约五平方米。商店的招牌虽然陈旧，但也五颜六色。小店里的商品琳琅满目、造型各异，虽不知道它们的用途，但还是让人产生了很强的购买欲望。街上除了汽车外，满是三轮车、摩托车、自行车、人力车，还有看似漫无目的行走的人、残疾的乞丐、叫卖的小贩，悠闲的圣牛、乱窜的野狗……

这段路途中，我不曾见到时髦女郎，也不曾见到浪荡绅士，没有璀璨繁华，也没有灯红酒绿……它一点也不符合我心中“大城市”的形象。但我却立刻喜欢上了它，这城市虽然古老却不冷漠；虽然落后却充满人味；虽然混乱复杂，却又有一种无法言说的韵味，显得和谐而自然。我忽然有一种感觉：无论你来自哪里，无论你贫穷或富裕，这城市都如同一位年迈的智者，它自由而真实地存在，它不迎合你！

此时，我们的精神虽然很亢奋，但身体已疲惫不堪，更是饥肠辘辘。不过还好，有印度大餐正等着我们。

不久我们便到了吃饭的地方，一座在当地还算显眼的二层小楼。刚进大门，便看到了一尊象鼻神。

象鼻神，名为犍尼萨，印度教最主要的神灵之一。印度神话中，他是智慧、财富之神，在印度民间人气非常高。这次朝圣之旅中，我发现犍尼萨是出现率最高的印度教神灵，任何地方都可以看到其憨态可掬的模样。犍尼萨的父亲，正是印度教三大神之一的毁灭神湿婆，他的母亲是雪山女神帕尔瓦蒂。他的哥哥室建陀同样大名鼎鼎，是印度神话中所向披靡的战神，英勇无比。佛陀涅槃后，诸天神与众王分舍利，有个罗刹趁人不备盗走佛牙舍利，正是室建陀从罗刹手中追回佛牙，从此之后成为佛教护法

象鼻神犍尼萨

韦驮菩萨，中国的大部分寺院中都供奉着他。

关于犍尼萨为什么长着象头，有很多说法。印度神话中是这样讲的，雪山女神帕尔瓦蒂的长子战神室建陀离家后，帕尔瓦蒂倍感孤独。湿婆喜怒无常，又常不在身边。帕尔瓦蒂洗澡时，湿婆也会直接闯入，虽是夫妻，但这还是让帕尔瓦蒂感到很难堪。所以帕尔瓦蒂产生了想要个孩子的念头。这一天，帕尔瓦蒂在孤独与烦恼中徘徊，随手挖起一块泥巴捏了起来，不知怎么就捏成了一个小男孩的形状。更为惊奇的是，这个泥捏的小男孩竟然活了，他长得眉清目秀，缠着帕尔瓦蒂叫妈妈。这个儿子的出现，让帕尔瓦蒂太开心了，她又搂又抱、又亲又夸，怎么稀罕都不过瘾。

有一次，帕尔瓦蒂要洗澡，便让小男孩守在门口，告诉他无论是谁都不可以进来。不久后，湿婆回家了，看到这个陌生的小男孩，觉得很纳闷。谁知小男孩还不让他进门，湿婆平心静气地告诉小男孩，自己是湿婆，是这里的男主人。可小男孩就是不买账。湿婆苦口婆心地解释了半天，根本不起作用。要知道，湿婆可是三大主神之一，更是威力无比的毁灭之神，所有神见了他都满怀敬畏，哪里受过这个气。湿婆勃然大怒，武器一挥，便砍了小男孩的头。小男孩的头往地上一滚，湿婆忽然感觉大事不妙。

果然，帕尔瓦蒂洗完澡出门一看，自己疼爱的儿子已经尸首分离，倒在地上死了。这次，雪山女神发怒了，她的怒火遍布天地，整个世界地动山摇。湿婆做贼心虚，不敢回家，只好求助另一位大神毗湿奴。毗湿奴告诉他，让他向北走，把遇到的第一个动物的头割下来，按到小男孩身上，小男孩就复活了。

于是，湿婆向北走。他遇到的第一个动物，竟是天帝因陀罗的坐骑大白象。湿婆把大白象的头割下来，按到小男孩身上。果然，小男孩复活了。从此，他变成了象头人身的犍尼萨。至于因陀罗的大白象后来怎么了，这儿不再赘述，因为那是另外一个故事。

餐厅在二楼，虽不奢华，却也精致。没有别的食客，看来是专门为我们服务的。这一顿是自助餐，搭配很合理，既有印度风味的各种咖喱与炒饭，也有很多中国菜，还有蔬菜水果沙拉。对于已经饿极的我来说，实在是太丰盛了。不过，我还是忍着口水，仔细观摩了一番，然后才精心挑选。

果然不同凡响，仅咖喱一项便给我带来了许多惊奇。别误会，在国内我也常吃咖喱。但这一次，我才发现不同咖喱之间的味道，相差竟然这样大。虽然都辣，但辣的各不相同，风格迥然。

关于辣，这儿还有件小趣事。据说同行的一位朋友特别能吃辣，于是父亲拿出一个不起眼的小青椒，挑衅地问：

“听说你很能吃辣，敢吃吗？”

这位朋友二话不说，拿起青椒狠狠咬了一口，动作非常豪迈，然后得意地说：

“一点都不辣，还有点清香……”

这“清香”还未说出口，只见她面部僵硬、嘴角抽搐、脸色通红，随后两行热泪飞流直下。所有人哈哈大笑。缓了好一阵之后，她终于开口了：

“刚开始真不辣，还有股清香味。谁知后劲太大了，根本控制不了。”

同行的另一位朋友略有不屑，也要试一试。咬了一小口之后，忙说：

“不辣，不辣，真不辣……”

只是她的生理反应与上一位朋友如出一辙，先是面部僵硬、嘴角抽搐，随后脸色通红，接着眼泪直流。事后，她说：

“本想逞英雄，便一直绷着，后来实在绷不住了。”

事已至此，我心里暗想，一个小青椒能有多辣？女人终归是女人，大惊小怪。大概是她们看出了我的想法，一个劲地撺掇我，说也不太辣，还有股清香味。我左思右想，有点下不了台，便尝了一尝。谁知这一尝，便给我留下了深刻的记忆。朝圣归来，途中的很多细节都淡忘了，唯独这一尝，却清晰深刻，估计十年之后我也忘不了。

那真是辣呀！像千万根钢针扎着舌头，瞬间丧失说话能力。我连蹦带跳，仰天长啸，却无法使辣味减少一分。更恐怖的是，它越来越辣，附骨般缠着你，无处逃避，真是辣彻心扉……

吃完辣完，已临近深夜。这注定是一个记忆深刻的夜晚。因为航班延误太久，为了赶上提前安排好的行程，我们不得不连夜赶路，前往朝圣第一站舍卫城。这意味着，这一晚我们将在颠簸的车上度过。

07

夜　雾

印度之行，果真不同寻常。第一晚，便如此难忘。

奔波了一天，大家都累了。条件虽然艰苦，但上车之后人人都睡了。天地间仿佛只剩下汽车发动机的轰鸣声，这声音粗重而孤独，像一位身体强壮却风烛残年的老人。出城之后，所有的灯光渐渐消失在远方，黑色汹涌而至。

夜，无限延伸，铺天盖地裹挟而来，浓稠如同沼泽，神秘如同传说。

我疲惫不堪，却无法入睡。

曾几何时，我也像这夜一般无法入睡。那时，床头的灯一关，黑暗便随之降临，偌大的世界，仿佛只剩下我。偶尔，窗户中也会透入微微的月光，照入我的眼中，冰冷而孤独。天地重归寂静，白日的喧嚣随着夕阳消散，我却无比清醒，那些平日被埋藏的问题，全部窜入脑中。对于“无常”与“活着的意义”此类问题，我思索不清，却又纠缠不休，这一切都不由自主，无法控制。无数次，我默默念叨：既然无常，那么活着的意义是什么？如果活着可以找到一个终极永恒的意义，那么还是诸行无常吗？我没有答案，也找不到答案。而更多的时候，世界万物终有一天将会消亡这个事实，也让我绝望。我无可救药地陷入精神危机，敏感而脆弱，痛苦而孤独。那段时间，我世界里的一切都被蒙上了灰色的影子，它带着无法抑制的悲伤，如同决堤的洪流。直到有一天，我了解了佛陀的世界，这一切问题才迎刃而解。现在看来，那时的我虽然矫情，虽然莫名其妙，但那痛苦与绝望却是真实存在的。

大巴摇摇晃晃地开。夜太黑，我看不见路。不过我不担心，因为我知道，我一直在路上。

这一夜，我仍似以往那样清醒，却不是因为痛苦，而是因为感激，也不是因为绝望，而是因为向往。现在，我身处佛陀的故乡，他曾在这里真实地生活过。

某个刹那，这无际厚重的夜，仿佛吞没了世界，超越了时间与空间，将我带至两千五百多年以前。我甚至感觉到那位孤独的觉者，就在我的不远处，他静静地坐在毕钵罗树下，淡淡地看着我。

这是个空灵的夜晚，这个夜晚让我明白，他从来都没有离开过。两千五百多年了，他一直都在那里静静地坐着，看着斗转星移，看着红尘沧桑，看着世事变幻，看着悲欢离合，看着生老病死……看着从异国他乡赶来朝圣的我。

你看，他光华的身影萦绕着恒定，在历史的变幻与岁月的侵蚀中如如不动。

你看，他眼中的悲悯淹没了天地，如潮水一般席卷了瑟瑟发抖的我。

你看，他脸上的微笑满含着智慧，仿佛亘古不变的清风。

你看，他周身的清凉渗透了灵魂，空性智慧从此伴随。

……

在这份注视下，我也渐渐入睡了。梦里，也在朝圣。

大巴摇晃得愈加厉害，后来我只能在半睡半醒之间游荡。也不知道过了多久，车忽然停了，原来是要下车方便。

刚下车，我便大吃一惊，车外一片浓雾。就算是在黑夜，仍能感觉到它浓稠的质感。远方来往的车，只可看到两个朦胧的车灯，在这样的荒野中，像极了瞪着巨眼的上古神兽。我看不到脚下的路，也看不清同行者的身影。偶尔，只有几声呼唤，缥缈而至，像天外来音。我想极力远眺，可眼前除了雾还是雾，我也不知道自己看了多远。我摸索着向前走，恍似进入了另外一个时空。身后，车灯的光影越来越模糊。我忽然想起了小时候读过的那篇童话《魔橱》，而我正走进神秘的纳尼亚……

这突如其来的夜雾，给朝圣之旅的第一天增添了些许奇异。

别笑，我就是这样一个人。感情丰富又充满幻想，别人觉得不起眼的细节，往往能让我铭记在心。没有原因，也没有什么理由，只是缘于一种莫名的感觉，我说不清，也道不明。譬如这夜雾，别人看来本没有什么，可它却带给我一种奇异的感觉，如梦如幻……于是，这个特殊的地点，特殊的时间，以及这场特殊的夜雾，便走入了我的文章，随之融入了我的生命。

不久之后，大巴又开始摇晃。我着实佩服司机，我连路都看不清，他却带我们穿越上百千米的路途，准确无误地抵达目的地。我不知道，他是太熟悉路，还是太熟悉这雾。

不知在半睡半醒之间徘徊了多久，也不知道是凌晨还是午夜。总之，我们到达了宾馆。从广州的凌晨五点，到舍卫城的午夜，感觉真不是一天的时间，似乎像跨越了一个世纪。现在，我已经有些恍惚，觉得头重脚轻，身体也充满了各种不适。此刻，终于有了一种跋涉的味道，有了一种朝圣的状态。

我们入住的宾馆名叫“Lotus Nikko Hotel”，翻译过来是“日光莲花酒店”。宾馆不太，装饰以白色调为主，布置的还算精致。在宾馆大厅最显眼的地方，供着一尊释迦牟尼像，前面的小桌上放着些香火钱，有人民币、日元、韩元、美元，还有一些他国货币，不过我不认识。

据说，这座宾馆是附近最好的宾馆，离舍卫城遗址只有几分钟车程。看样子，这宾馆是专门为朝圣者修建的。房间的钥匙很独特，一个手掌般大小的铁牌上写着房间号，上面吊着房间钥匙。习惯了国内的电磁房卡，拿着这分量不轻的钥匙，我还是略感惊讶。

房间很一般，略显简陋，器物都很陈旧，与宾馆外部装饰不太相配。不过，这已经高于我的预期了。朝圣之前，有朋友跟我开玩笑，说圣地不是在荒郊野岭，就是在贫困乡下，生活条件极其恶劣。现在只能说，他们想多了。

虽然困极了，但入睡之前，我看着窗外仍在想：我真的是在印度了吗？我真的是在舍卫城了吗？

08

舍卫城

我自小便听闻《金刚经》，这缘于母亲。母亲每日诵读《金刚经》五遍，我的女儿出生后又多增一遍，每日共诵六遍。十几年中，无论寒来暑往，日盈月缺，从未中断。远的不说，就说我结婚那日，家中亲朋好友齐聚，琐事无数，时间紧迫，但母亲仍是诵完《金刚经》后再打理其他事。若是远行，母亲便在车上、飞机上诵经。总之，无论缘于何事、因为何人、处于何地，都不会影响到母亲诵《金刚经》。她几十年如一日地坚持着，却又如此顺其自然。

除去写作外，我曾做过许多事，比如练武术、学跆拳道、弹琴、健身等等，但都半途而废，没有取得什么成绩。我往往会不自觉地找一些理由，但一想到母亲诵《金刚经》，这些理由便瞬间崩溃瓦解。直至今日，我一旦做某事无法坚持的时候，便想想母亲诵《金刚经》，随后自然有了持之以恒的力量。

现在，每天凌晨五点，当我悄悄经过母亲房间时，都能看到台灯微弱的光线，还有母亲诵经的背影。这背影与我小时候看到的背影一模一样，只是恍若间，十几年已经过去了。

我知道，这诵经的背影，是我生命中最温暖的记忆之一。

无数次，我听见母亲诵：

> 如是我闻。一时，佛在舍卫国祇树给孤独园，与大比丘众千二百五十人俱。尔时世尊食时，着衣持钵，入舍卫大城乞食。于其城中，次第乞已，还至本处。饭食讫，收衣钵，洗足已，敷座而坐。时，长老须菩提在大众中，即从座起，偏袒右肩，右膝着地，合掌恭敬而白佛言："希有世尊，如来善护念诸菩萨，善付嘱诸菩萨。世尊，善男子、善女人，发阿耨多罗三藐三菩提心，云何应住，云何降伏其心？"佛言："善哉！善哉！须菩提，如汝所说，如来善护念诸菩萨，善付嘱诸菩萨。汝今谛听，当为汝说。善男子、善女人发阿耨多罗三藐三菩提心，应如是住，如是降伏其心。"

那时在我心中，"舍卫城""孤独园"是遥不可及的地方，而且高不可攀。和传说中的佛国、神殿一般，根本不是红尘中人能够踏足的。那里应该一尘不染，应该风景奇丽，应该清高脱俗，应该到处飞翔着敦煌壁画上那样的飞天……

那里，是当年佛陀讲《金刚经》的地方，是《金刚经》中真实记载的地方。所以，当午夜时分，导游告诉我们抵达舍卫城时，我虽已疲惫到极致，但还是激动不已。要知道，很早前我便已经了解了所有的行程安排，但真实到达时，这种情绪还是无法克制。

“舍卫城”是古代名称，因地处偏僻，现在这地方叫什么名字，我并不知道。在佛陀时代，恒河平原上有很多国家，据说有十六个之众。当然，那时有的国家并不大，至多是一座城池，或是一个部落。这其中，有两个非常强盛的国家，分别是憍萨罗国与摩揭陀国。舍卫城正是憍萨罗国的首都，它地处要塞，商业繁荣，盛极一时。父亲在《无死的金刚心》一书中，曾这样介绍：

> 舍卫城在佛教史上的地位极为重要，佛陀曾在此结夏二十四次。就是说，在佛陀的弘法岁月里，有二十四个雨季是在舍卫城度过的。除了王舍城的舍利弗、大迦叶、目犍连等人外，佛陀的许多弟子都是舍卫城的人。为了教化舍卫城的众生，佛陀在此花了很多心力，并取得了很大的成功。许多有名的经典，都是佛在舍卫城宣说的。……司卡史德常常游行四方，随缘度化有缘众生，从来不在某地修建道场。这一点，非常符合原始佛教的特点。佛陀与弟子也一样，除了在雨季为了不践踏路上的众生而在某处安夏外，其余时间，总是游行四方，随缘度化。

历史中的舍卫城，强盛而繁荣，在恒河平原上的诸多城市中如同明月。但随着历史的变迁，在悠悠千年之后，舍卫城已完全不是当初的模样。我曾在心中默默勾画过舍卫城的形象，可总是朦胧不清。除了遗留在历史中的那些故事，它仿佛一无所有。

印度的第一个清晨和它的历史一样，略显朦胧。前一夜的雾还未散尽，天地间白乎乎的，看不远。因为前一天太疲惫，睡眠又短，所以我一直担心今天的身体状况，怕自己头晕眼花，或是混沌不堪。现在看来，一切不错，身体反应并不强烈，尤其精神很好。

吃完早餐，离大巴出发还有几分钟，于是我走出宾馆，四处张望了一下。果真这宾馆是附近最好的建筑。这里几乎看不到现代化设施，是典型的农村风貌，普通得不能再普通了。我们的到来，并没有荡起任何涟漪，周围显得极为平静。

谁能想象，就是在这块平凡又安静的土地上，在两千五百多年以前，正发生着改变世界的大事。

09

悔悟的魔王

果然从宾馆到舍卫城遗址，仅几分钟车程。车上，大家的兴奋之情溢于言表，个个容光焕发，昨日的疲倦已被一扫而光。

至此，经过多方筹划、精心准备、万里跋涉的朝圣之旅，正式拉开帷幕！

谁知，见圣地的第一眼，却让我略感惊讶。这周围荒芜一片，脚下的土路凹凸不平，不远处有段低矮的墙，墙内便是圣地遗址了。我举目四望，远处的绿色虽杂乱无章，却也生机盎然，没有任何人工痕迹，无论是草还是树，都自由地生长着。若不是我真的站在这儿，很难相信眼前之景，是数千年的文物古迹，是亿万佛教信众梦寐以求的圣地。这更像是荒野中无名的断壁残垣，或是被历史抛弃的废墟。

几个当地人早已候在这里，手上拿着几串菩提子佛珠，还有一些小巧的纪念品，我们下车后便走上前来叫卖。除了这些小贩，这里更多的是孩子，他们有的跟前跟后，有的跪在原地，一边伸出手乞讨，一边口诵“阿弥陀佛”等佛号。

对于圣地的乞丐，我心中有所准备。早些年，我在国内西藏拉萨朝圣时，满大街都是乞丐，其中大多数是孩子。那时，只要给一个孩子布施，紧接着会来一大群，把你围得水泄不通，让你哭笑不得。他们像蝗虫一般，在拉萨的街头成群结队，然后从一处飞往另一处。请原谅我用这个比喻，这里没有任何贬义，只是我心中真实的感觉。

来印度之前，我读过一些参考书，书中都说不要给乞丐布施，否则你将寸步难行，而且有可能在推搡之间丢失财物。

看着这些孩子，我心虚地躲远了，一方面参考书中的信息影响到了我，毕竟这里人生地不熟；另一方面，我的确无法布施，因为现在我们还没有换到卢比。这些孩子眼中的失落会刺痛我，所以，我还是躲远一点好。

不过，我无论如何也没有想到，朝拜的第一个圣地竟是鸯掘摩罗塔。世事就是这样，无论你怎样准备，如何精心策划，还是会有许多不期而遇，或是意料之外。

关于鸯掘摩罗的故事，我有所耳闻，他是佛经中著名的杀人魔王。他的故事正是“放下屠刀立地成佛”的最好诠释。但与大多数人一样，我几乎把他的故事当作杜撰的传说。所以，当我遇到鸯掘摩罗塔时，还是有些意外。

鸯掘摩罗的故事是这样的：在佛陀时代，憍萨罗国有个婴儿出生了。这本是极平常的事，但却引起了全国上下的恐慌。因为这婴儿不同寻常，他出生时伴随着惊人的异象：憍萨罗国所有的刹帝利武士，都不由自主地拔出刀剑，并摆出战斗姿势，但很快所有的刀剑都出现缺口，或是断裂。这些平时英勇强悍的武士，被遮天蔽日的恐惧笼罩着，惶惶不可终日。

灾难并没有马上发生，随着鸯掘摩罗的成长，人们发现这是一个善良纯洁的孩子，从未做过出格之事。只是他确实天赋异禀，非同凡人。他常常有惊人之举，比如徒手捉飞鸟，疾走赛骏马。其实，鸯掘摩罗的本名意为“善良”。

当时，舍卫城有位极负盛名的外道，正在收徒讲学。鸯掘摩罗也拜在他的门下。祸根正是这时候埋下的。这外道有个美貌妻子，性子淫乱放荡。看到鸯掘摩罗英俊潇洒，于是想与他行苟且之事。这一日，外道与其他徒弟外出，家中只剩外道妻子与鸯掘摩罗。这女子趁此时机，魅惑鸯掘摩罗，提出非分要求。她本以为鸯掘摩罗会顺水推舟，谁知年轻的鸯掘摩罗在震惊之余，一口回绝。外道的妻子恼羞成怒，开始了恶毒的报复。她首先撕碎了自己的衣服，又抓伤自己的皮肤，披头散发地佯装上吊。

外道回家后，看见了让他心惊肉跳的一幕：妻子半裸着身体，衣服丝丝缕缕，身上还有血迹，正要披头散发地上吊。外道救下妻子后，忙问发生了什么。这女子哭哭啼啼，一副痛不欲生、肝肠寸断的模样，向丈夫诉说鸯掘摩罗是如何强行非礼她的，她又是如何拼死反抗的。

外道怒火中烧，对鸯掘摩罗恨之入骨。他想不到平日里鸯掘摩罗看起来纯洁善良，背后竟能干出非礼师母这种大逆不道之事。他本想立马找鸯掘摩罗问个明白，但心里很清楚鸯掘摩罗的本事，若是撕破脸皮，他根本不是鸯掘摩罗的对手。所以，一个更邪恶的报复计划在他心中产生了。

外道将鸯掘摩罗召到自己房中，说是要传授无上秘密教法，这教法能让鸯掘摩罗成就非凡。鸯掘摩罗洗耳恭听，外道告诉他，若是想得大成就，每天要到城中杀一人，然后取其手指，串成项链挂于脖颈之上，一共杀一千人，便可得道。“鸯掘摩罗”的本意，便是手指项链的意思。

起初鸯掘摩罗也有疑惑，杀人得道，这是什么教法？但外道大声呵斥鸯掘摩罗，说他怀疑上师，怀疑教法。鸯掘摩罗赶忙磕头谢恩，谨遵师命，手持利剑，于城中每日杀一人。

杀戮迷惑了鸯掘摩罗的心智，血腥也招来无数凶神恶鬼，这一切共同造就了令人闻风丧胆、凶神恶煞的魔头——鸯掘摩罗。他披头散发，人血涂身，力大无穷，狰狞至极，见人杀人。从此，他将什么是“恶魔”诠释得淋漓尽致。

那是一段不堪回首的往事，整个舍卫城都笼罩在腥风血雨之中，人们恐惧之极。憍萨罗国的国王波斯匿王发出征集令，征集天下武士讨伐鸯掘摩罗，却无一人前来应召。

魔王纵横一时，所向披靡，很快便杀了九百九十九个人，他脖颈中的手指项链也越来越长。

这一天，艳阳高照，正是中午时分。舍卫城中空空荡荡，不见一人。家家户户闭门关窗，谁也不想做那第一千个祭品。这让鸯掘摩罗苦恼不已，眼看自己就要成功了，却怎么也找不到最后一人。

鸯掘摩罗并不知道，他的母亲怕儿子肚子饿，做好了午饭正给他送来。无论鸯掘摩罗多么邪恶，在他母亲看来，永远都是自己的孩子。其实，鸯掘摩罗变成杀人魔王后，他母亲的日子也不好过。人人都唾弃她，说她是巫婆、恶鬼、母夜叉。

鸯掘摩罗看见母亲后，虽一怔，却也窃喜。他毫不犹豫地提刀迎上，要将母亲变成第一千个祭品。

在这个关键的时刻佛陀出现了，鸯掘摩罗兴奋至极，心中大呼过瘾，终于有人替母亲死了。他似旋风一般冲向佛陀，佛陀仍缓慢地前行。不久之后，鸯掘摩罗疑惑不已，自己赛过骏马的双腿，却怎么也追不上佛陀。眼前的佛陀，缓慢地行走，从容自在。鸯掘摩罗大叫：“老和尚你用了什么妖法，我怎么追不上你？”佛陀慈悲地讲：“你不停杀戮之心，自然追不上我，其实我早已在原地等你了。”

鸯掘摩罗手中的刀“哐啷”一声，掉在地上。紧接着，佛陀为他开示正法，鸯掘摩罗涕泪交流，长跪不起，无比悔恨。从此以后，鸯掘摩罗成为比丘，追随佛陀修行，终得正果，成为阿罗汉。

这便是鸯掘摩罗的故事，一个杀人不眨眼的魔王如何幡然悔悟，最终证得成就。也许是他的事迹太有启迪意义，也许是为了激励后人，总之人们在他曾藏身的地方修了一座塔，称之为“鸯掘摩罗塔”。这塔千百年来，伴随着鸯掘摩罗的故事，向世人昭示着佛教的精神，告诉世人只要放下屠刀，你也可立地成佛。

因为岁月的侵蚀和人为的毁坏，现在的鸯掘摩罗塔已无塔形，只剩下塔基。远远看上去，像是一堆红砖垒砌的废墟。现在，当地政府在鸯掘摩罗塔前安放了铁栏杆。这是唯一的保护措施。说来也怪，后来发现其他一些更重要的圣地都未安放栏杆，只有鸯掘摩罗塔前安放了栏杆，不知这是什么缘由。

透过栏杆，我看到遗址中间确实有一个幽深的洞穴，据说这便是鸯掘摩罗藏身的洞穴。一个历史中大名鼎鼎的魔王，他的“府邸”竟如此寒酸。那些杀人后的夜，我想也不好过吧。

透过历史的迷雾，我仿佛看到两千五百多年以前，一个赤身裸体的男子，他浑身涂满鲜血，瞪着血红的双眼，喘着粗气，蛰伏在洞中，独自舔舐着灵魂的伤口。他虽邪恶，却也孤独无助，像个被欺骗的孩子。

整个朝圣途中，我都会有意无意地想起鸯掘摩罗，想起关于他的传说。我在想，若他是一个极普通的人，出生时并无异象，那么他的事迹是不是更有教育意义？因为，一想起他出生时的异象和惊人的天赋，我总觉得这事有种宿命的味道，仿佛早已注定，根本无法躲避。就好像《西游记》中的泾河龙王，无论他如何求助，都无法躲避宿命，魏徵在梦中就把他斩了。

既然是宿命，那么鸯掘摩罗的人生轨迹肯定是被设计好的，他后来的经历也不完全属于个人的选择。如果真是这样，那么在我看来，这个故事多了一些神奇，而少了更重要的东西。

或许，完全是我庸人自扰，两千五百多年了，口耳相传，故事早已变成了神话。我计较这些做什么？就算是注定，就算是宿命，那也是鸯掘摩罗与佛陀玩的大幻化游戏，用来教育世人而已。

你说呢？

10

给孤独长者

离耆掘摩罗塔不远的地方，也有一处圣地。它看上去比耆掘摩罗塔雄伟不少，虽然仍是红砖建筑，虽然仍是断壁残垣，却隐隐透出一种大气磅礴。

这里便是须达多塔，是《金刚经》中那个给孤独长者的故居。

我最早知道给孤独长者与祇园精舍，仍是在《西游记》中。小时候，我特别爱看《西游记》电视剧，不知看过多少遍。其中关于天竺国公主与玉兔精那一集，便提到了给孤独长者与祇园精舍。后来读原著，更是对这一情节记忆犹新。

《西游记》中是这样说的：

师徒们说着话，却倒也走过几个山冈，路旁早见一座大寺，那山门匾上大书着“布金禅寺”四字。三藏马上沉思道：“布金，布金，这莫不是舍卫国界了么？”八戒道：“奇阿！我跟师父几年，再不曾见识得路，今日也识得路了。”三藏说道：“不是。我常见经典上说，佛在舍卫城祇树给孤园。说是给孤独长者问太子买园，请佛讲经。太子说：‘我这园不卖。他若要买时，除非黄金满布园地。’给孤独长者听说，随以黄金为砖，布满园地，才买得太子祇园，请得世尊说法。我想这布金寺莫非就是这个故事。”八戒笑道：“造化！若就是这个故事，我们也去摸他块把砖儿送人。”

大家笑了一会，三藏才下马进三门。……

寺僧问起东土来因，三藏说到古迹，才问布金寺名之由。那僧答道：“这寺原是舍卫国给孤独园寺，因给孤独长者请佛讲经，金砖布地，又易今名。我这寺一望之前乃是舍卫国。那时给孤独长者正在舍卫国居住，我荒山原是长者之祇园，因此遂名给孤布金寺。寺后边还有祇园基址，若遇时雨滂沱，还淋出金银珠儿，有造化的每每拾着。”

小时候，本以为这“布金禅寺”也罢，“祇树给孤独园”也罢，都不过是吴承恩杜撰的。后来才知道，果真有此事。于是我对给孤独长者，充满感激与敬佩。要知道，若无他的发心，某些经典或许无法出世。很长一段时间内，我心中总会浮现出给孤独长者的形象与轮廓，他是一位清瘦的老者，智慧而威严。无奈，我心中的给孤独长者，总像个中国人。到印度之后，看着满街黝黑的印度男人，我不禁哑然失笑。

我们朝拜卡耆俱提时，正好遇到一群藏族人。他们手持佛珠，口诵莲花生大师心咒，一脸虔诚。我忽然觉得很温暖，虽不认识他们，也没有任何交流，但在这个异国他乡的圣地，我们向往同一种精神，并且相遇了。

说实话，朝拜圣地时，我总能觉出种孤独，从第一眼看它

须达多塔——给孤独长者故居遗址

时，就有这样的感觉了。不是因为这里没有拥挤的信众，也不是因为这里没有金碧辉煌的佛殿，更不是因为这里偏僻落后，而是因为佛陀的精神在这里消失了，佛陀的教法也不复存在。这里是佛教的圣地，但这里却没有佛教。

我看着圣地孤零零地坐落于荒野之中，不言不语，在天地间静默，好像一个寄人篱下的孩子。我总觉得难受，总有种想流泪的感觉。它们是我们心中无与伦比的存在，是永恒的向往。可是，在这人迹罕至之处，在这天地静默之间，我总觉得它略有失落。这圣地就好像一位母亲，她的孩子成就非凡，却远走高飞，母亲虽喜悦，却也失落。

是啊，千年的失落！

你看，那些小贩，他们口诵佛号，却不知其义，他们身处圣地，却不知朝圣，他们根本不知道，我们千辛万苦朝拜的圣者，是他们的族人。

所以，你要理解我，当我遇到一群同行者时，虽然我们语言不通、种族不同，但我真的感到温暖。

卡耆俱提虽然只剩遗址，但仍然能看出来它当初的规模相当宏伟。它的占地面积很大，现在只剩地基，却也有好几层，是这附近最高的建筑。越看它越觉得它令人震撼。你看那红砖，两千五百多年了，虽也斑驳，却透出一种顶天立地的坚实。

走近卡耆俱提，我仔细观察它的每一处细节，希望能从岁月遗留的痕迹中，找到千百年来不曾消失的韵味。卡耆俱提中最让人记忆深刻的，是它的金库。据说，这里正是给孤独长者变卖家产、储存黄金的地方。金库很庞大，三面环绕着厚厚的砖墙。它也非常深，差不多有七八米。我一边看一边咂舌，要知道这里储存的可不是大米，是黄金。看来，给孤独长者真是位腰缠万贯的大富翁。

登上卡耆俱提的最高处，环顾四周。这里的环境与鸯掘摩罗塔如出一辙，荒野无边无际，一直延伸到未知的远方。周围杂草丛生，不多的几棵大树也非常茂盛，几乎没有人为痕迹。

忽然间，一股大风刮来，风中全是久远的味道。我举目远眺，想起了唐人吕岩的诗句：

独上高峰望八都，黑云散后月还孤。
茫茫宇宙人无数，几个男儿是丈夫。

11

祇园精舍（上）

祇园精舍，又名祇树给孤独园，或略称祇园。它出现的时间比王舍城的竹林精舍要稍晚一些，是佛教史上第二座精舍，也是佛陀在世时规模最大的精舍。

从卡耆俱提出发，不久我们便到了舍卫城最重要的圣地——祇园精舍。其实，我个人更喜欢祇树给孤独园这个名字，不知道为什么，只要一提起这个名字，我心中便萦绕着一种淡淡的情愫。我是个文学爱好者，喜欢幻想，于是无数次幻想祇树给孤独园，那里肯定铺满嫩绿的青草，应该有伞盖一般的大树，或许树下有潺潺流过的小溪，溪水透明清澈，一头小鹿正饮着水。不远处，坐着佛陀和他的弟子……瞧，我就是这样一个人，明知不切实际，却仍固执地幻想。其实，这是我的祇树给孤独园，与别人无关，甚至与真实的祇树给孤独园也无关。

很多时候，历史是个调皮的老顽童，他搞个恶作剧，将一段文明湮没。等他觉得无聊时，再搞个小动作，让湮没的古迹与文明重见天日。

舍卫城的圣地遗址，正是如此。那时，西方的历史学家正热烈讨论佛陀释迦牟尼是真实存在的历史人物，还是人们杜撰的神话人物时，这些圣地遗址，仿佛是睡醒的巨人，它们抚去岁月厚重的尘埃，重新降临于这尘世。

公元1863年，英国考古学家亚历山大·康宁汉在印度北方邦境内发现了一群小土丘。经过一番探查、挖掘、研究后，亚历山大·康宁汉与他的考古队惊喜地发现，这里正是古憍萨罗国的首都——舍卫城。紧接着，他们发现了越来越多的遗址与文物。后来，在一处古老遗迹的地板上发现了佛陀的脚印，脚印旁有块石碑，这块石碑上的碑铭，证实此地即是历史上大名鼎鼎的祇树给孤独园的故址。

今天，我们来到祇树给孤独园，不要忘记这个英国人的名字：亚历山大·康宁汉。无论他的发现是机缘巧合还是历史的安排，他都值得我们铭记。

此时的天空仍弥漫着雾霾，往后的朝圣之旅中都是这样的天空。这个国家的天空，像它的历史一样烟雾弥漫，朦胧不清。

我们来到祇树给孤独园门口，它安静地坐落于农村之中。出发之前，我曾给负责摄影的同行者提醒过，我们朝圣的时间正是印度的旅游旺季，全世界的佛教信仰者都会在这个时间朝圣，所以要做好在人山人海中拍摄的准备。谁知，这提醒竟是多此一举。除去我们朝圣菩提迦耶时正赶上法会，人比较多之外，其余圣地寂静而空荡。所以，看惯了国内景点的人潮人海，忽然身处这份寂静时，还真有点不习惯。

与鸯掘摩罗塔、给孤独长者故居坐落于荒野的待遇不同，祇树给孤独园相对要好很多，但仍是不能和国内任何稍有名气的公园比。在我的家乡中国西北小城，随便一个公园大门，都比祇树给孤独园阔气很多。

你们看，祇树给孤独园的红色大门，简单得不能再简单，没有任何设计感；你们再看，这大门如此低矮，也找不到盛气凌人的逼迫感；你们接着看，这大门狭小而内敛，毫无气势可言，根本配不上它天大的名声。来之前，我曾无数次猜想它的模样，但无论如何绝不是眼前这样。

其实，是我习惯了国内寺院那高大的山门，也看惯了国内寺院那金碧辉煌的大殿。还有无数巨大的佛像，这些佛像有的高可触天，有的镀金鎏银，有的可以借钱，有的可以还愿……我像个吃坏胃口的孩子，整天面对山珍海味，忽然有一天看到清汤野菜时，除了惊讶，便是不可思议。真是不可思议！要知道，这可是佛陀的精舍，佛陀传法生涯中的二十四个雨季都住在这里。在我的潜意识中，一直觉得这里是所有佛子的家。

我们的印度导游先去买票了。他叫阿南，普通话说得不错，曾在台湾待过两年。顺便说一声，后来我曾问过他票价，竟然只有一百卢比，折合成人民币差不多十元。这还是外国人的价格，当地人只要五卢比，相当于人民币五角。再后来，我发现其他圣地的门票价格，差不多都是这样。相比于国内旅游景点动辄数百元的门票，这里的票价显得仁慈而亲切。

或许是这样的：我从小便向往这里，然后无数次憧憬，接着跋涉千里万里来到这儿。所以在我心中，这里是无与伦比的存在，根本不能用门票价格来衡量。因为无论何种门票价格，与我们心中的向往与敬畏相比，都太轻太轻。

12

祇园精舍（中）

这是极平常的一天，天空中弥漫着雾霭，偶尔有风低声耳语，我们一行人终于走进了祇树给孤独园。在我的潜意识中，这应该是不同寻常的一刻，有点走入历史或是铸就辉煌的感觉，虽谈不上惊心动魄，但至少有些昂扬吧。事实是，跟以往千百次一样，只是迈开步子，平静地走过一段距离。想必这便是真相，无数繁华散尽，千古尘埃落定，留下的永远是最本真的模样。

刚走进祇树给孤独园，一股清凉扑面而来。这绝不是作者一厢情愿的杜撰，也不是信仰者无中生有的感叹。要知道，从离开新德里，进入勒克瑙的那一刻起，我所见到的印度，便集中给予我一种感觉——旧世界。没错，旧世界，但不要误会，这里没有任何贬义，只是一种形容。颓废的建筑、混乱的人群、阴霾的天空、蛛网一样纠缠的巷道，还有满街的乞者、骨瘦如柴的野狗、傲慢游荡的圣牛……所有的事物都好像蒙上了一层厚厚的灰尘，似经历了千古沧桑的文物一般。

是的，这一切很和谐，虽看似凌乱不堪，却有一种属于自己的节奏，旧世界的节奏。

在进入祇树给孤独园的那一刻，这种旧世界的感觉消失了，取而代之的是清凉与寂静。除去道路两旁的圣地遗址，这里更像一座精致的公园。你看，幽寂的环境、嫩绿的草坪、干净的小道、修剪整齐的灌木，还有鸟鸣……与园外的世界截然不同。

给孤独园中人很少，除去一些当地人，我们似乎是唯一的朝圣者。这恰似它的名字，真显得有些孤独了。是的，它是孤独的，我一直这样认为。当然，这里的孤独并不是耐不住寂寞的情绪，而是一种悲悯。我父亲曾解读过什么是“孤独”，现在看来，更恰如其分：

> 当你已成为一朵莲花，俯视这个池塘时，你发现池塘里有很多莲子，它们都可能成为莲花。但因为某种原因，它们陷在淤泥中，不能发芽。这时，那朵莲花可能会孤独。它希望所有的莲子都能从污泥中超越出来。当它不能实现这种愿望的时候，孤独随之产生……孤独是一种境界，是一种很高的境界。耶稣想爱人类，他想博爱，但这个世界却不愿意让他那样，并要把他钉死在十字架上，所以他是孤独的。他会说，神呀，原谅他们吧，他们不知道自己在做什么——这就是孤独。当在菩提树下觉悟的释迦牟尼，看到这个世界上许许多多的人被一种虚幻的、正在消失的假象所迷惑，心中充满了贪婪、仇恨和愚昧，而他又不能马上让这些人解除痛苦的时候，他是孤独的。当中国的孔子向整个世界宣扬他的“仁爱”，但不得不像丧家狗一样在那时的世界上流窜的时候，他是孤独的。所以，真正的

孤独是一种境界。

在我心中，给孤独园是一个灵性的存在，这里曾讲述过世界上最究竟的智慧，这里曾居住过世界上最悲悯的灵魂。可是现在，一墙之隔的园外已是另外一番场景。它，当然是孤独的。

来印度之前，我曾查阅过一些关于给孤独园的资料，法显在《佛国记》中曾这样说：

> 祇洹精舍本有七层，诸国王、人民竞兴供养，悬缯幡盖，散华烧香，然灯续明，日日不绝。

想来那时给孤独园的规模不小，竟有七层建筑，应该称得上气势恢宏。在两千五百多年以前，这绝对是个大工程。只是任何事物，都会经历成、住、坏、空，给孤独园也不例外。关于它的结局，《佛国记》中也有记载：

> 鼠衔灯柱，烧华幡盖，遂及精舍，七重都尽。

千里之堤，溃于蚁穴。七层精舍，毁于一鼠。我不知道该怎么评价这个事件，一想起那漫天大火，我便心痛。也怪这衔灯的老鼠，去哪里不好，偏偏来这佛陀的精舍。可是，若没有这老鼠，精舍便能保留到今天吗？我看够呛。那么多的圣地遗址，哪个不是断壁残垣？哪个不是千疮百孔？岁月之风，无常之火，终归会改变这一切。

我们缓步前行，道路两旁布满各种红砖遗迹。仔细分辨会发现，这些红砖大多是佛塔塔座，或是僧院地基。虽然是遗迹，它们仍显得干净、整洁，好像是有意而为，少了种历史感与沧桑感。

我知道，这些遗址遗迹，并不是佛陀时代的那座给孤独园留下的，它们是后世重建的。一想到这里，我便陷入深深的失落，我怅然地望着给孤独园中的一草一木，望着它的尽头在想，这座给孤独园，还是《金刚经》中所说的给孤独园吗？

不过，几个瞬间之后，我马上便嘲笑自己，我们来朝拜的，并不是砖头，而是精神与智慧。世事本就是这样，我何必强求。

不久之后，我们便到了拘赏波俱提精舍，这里正是给孤独长者为佛陀修建七层精舍之处，佛陀曾净住于此。站在拘赏波俱提精舍前，我心中流淌着一种说不出的情愫。两千五百多年以前，佛陀曾净住于此，现在我离他如此之近，仅有几步之遥。虽然在时间的相隔上我无能为力，但现在，我终于靠近了他曾日夜居住的地方。

我抚摸着这些粗粝的红砖，静静地寻觅着佛陀的气息。拘赏波俱提精舍遗迹的前方有两座平台，据说此处是佛陀经行之处。那些宁静的清晨，或是朦胧的黄昏，佛陀便在此处来回漫步。

接下来，我们看到了犍陀俱提精舍，据说此处便是佛陀居住之地，也是佛陀讲《阿弥陀经》的地方。犍陀俱提精舍前方有座梯形小塔，信仰者在小塔上贴满了金箔。旁边正有当地人拿着金箔在出售，要价不贵，只有几十卢比。我请了一张，恭敬地贴在小塔上，为空寂的给孤独园增添一抹亮色。

13

祇园精舍（下）

沿着幽静的小路继续往里走，便可以看到一棵参天大树。这树枝繁叶茂，盘根错节，很是遒劲。没错，这便是阿难菩提树。

在佛教中，菩提树大名鼎鼎，其实它还有个名字“毕钵罗树”。佛陀释迦牟尼在此种树下成道后，便被更名为菩提树，意为智慧之树、觉悟之树。“菩提”是梵文“Bodhi”的音译，意为智慧、觉悟。

菩提树还是印度的国树，因为在印度教中，它被认为是三大神之一的毗湿奴的化身。因为以上缘故，所以在印度随处可以见到菩提树。

走近阿难菩提树，更觉得这树让人叹为观止。它树干遒劲粗壮，树枝错综复杂，层层叠叠，遮天蔽日。那如游蛇一般的根节，牢牢地扎入大地。它仿佛一位年迈的巨人，苍老而智慧，威严地立于天地间，满身都是时间的痕迹。

关于这棵菩提树，还有一个温暖的故事。

印度每年都有三个月的雨季，佛陀住世弘法时，这三个月便在一处结夏。二十四年间，

祇树给孤独园里的猴子

佛陀便在祇园精舍结夏三个月，其余的九个月仍是四处弘法，居无定所。这九个月中，舍卫国的佛子们非常思念世尊。于是，在一次结夏即将结束时，佛子们拜托阿难，能否留下一件信物，在佛陀外出的九个月中，可以睹物思人。佛陀答应了，便委派目犍连尊者取来一棵树苗。这树苗本应由当时的国王波斯匿王亲手种植，但国王觉得自己不够资格，于是大家请给孤独长者种植，这便是后来的阿难菩提树。

这个故事美丽而温暖，但后来考证发现，这个故事仅是人们一厢情愿的杜撰。故事虽是虚构，但这棵菩提树并不是凡物。因为它和佛陀释迦牟尼成道时的那棵菩提树息息相关，按辈分算来，它正是那棵神圣菩提树的孙子。

真实的情况是这样的，在印度的孔雀王朝时期，阿育王将佛法广传四方。他委派王子摩兴陀去锡兰（今斯里兰卡）传播佛法，后来又派公主前往锡兰。公主将一棵树苗赠予斯里兰卡国王，这树苗正是来源于菩提迦耶佛陀成道时的那棵菩提树。这棵树苗被种植在斯里兰卡阿努拉特普拉市，居今已两千三百多年，是世界上最长寿的树之一，在佛教中，也是仅次于佛牙的圣物。而祇园精舍中的阿难菩提树，正是来源于这棵菩提树。

无论是人们美丽的杜撰，还是考证的史实，都让我觉得荡气回肠。这棵遮天蔽日的大树，穿越浩瀚的历史，将两千多年前的气息带到我们面前。

我脱去鞋，恭敬地朝拜，然后轻轻地触摸树干，它扎实而苍老，将无尽的时间幻化成开裂的树纹。这个瞬间，我的手指仿佛真的穿越了两千五百多年，触摸到了佛陀的气息。

同行者们安静地朝拜，一脸虔诚，想必他们也拥有和我一样的感受吧。

我抬头看，阳光在树影间跳跃，投下一片片斑驳。风悄悄地吹过，树叶“哗哗”地响。一片叶子悠然飘下，落在我的脚边，我轻轻地捡起它，放进随身携带的书中。我要将它带回中国，我想这片树叶便是我的“阿难菩提树”。每当我回忆印度，每当我思念祇树给孤独园时，便会看看它，像那个故事中思念佛陀的人们一样。

在我们朝拜给孤独园期间，一直有几只野狗跟随着我们，它们不叫不闹，只是安静地跟着。这些野狗都比较瘦，我们拿出包中的零食喂了它们。还有猴子，给孤独园中有很多猴子，它们傲慢地蹲坐在树杈里，根本不理行人，一点也不像它们应有的作风。

在我们即将离开祇树给孤独园的时候，我又一次扫视了它的全貌，古迹、小道、树木、野狗、猴子、淡淡的雾霭，这一切竟显得如此和谐，如此宁静。

还有给孤独园的大门，此时再看，才发现只有它能配得上这里。因为它与佛陀的教法一样，朴素、大方、直指人心。

车渐行渐远，给孤独园最终消失在身后的车窗中。

再见，祇树给孤独园。

三千千米外的家

世事难料，这是老人们常说的话，也是芸芸众生都懂的道理。就算这样，可一旦生活发生变故，无论这变故是好是坏，再回首时，总会让人唏嘘不已。

01

前　缘

世事难料，这是老人们常说的话，也是芸芸众生都懂的道理。就算这样，可一旦生活发生变故，无论这变故是好是坏，再回首时，总会让人唏嘘不已。

若是在一年前，有人说我要背井离乡，我定笑他癫狂，可生活就像电影，一不小心，便换了场景。我眼前，已是岭南翠绿的山，这山离我家乡的大漠有三千多千米。

樟木头，第一次听到这个名字，是两年前的一个冬夜。远在广东的父亲打来电话，说想在一个叫樟木头的地方买套房子，我和母亲极力反对，把父亲买房的念头暂时镇压了下去。

晚上，我躺在北方凛冽的夜风里，在心中轻轻地把玩“樟木头”这三个字，有这样一个奇怪名字的地方是什么样子呢？有青石板路吗？有淡如烟月的女子吗？有雨后黛青色的天空吗？我把关于江南的幻想都放在了它身上。

本以为樟木头会藏匿于记忆中，如我们生命中无数匆匆而过的画面。谁知，数月后父亲又打来电话，开口的第一句话竟是“我中毒了！”我和母亲心中一惊，他又缓缓说出另一句话：“是氧气中毒了！”原来是他在开玩笑，他说他住在天然氧吧里，醉醺醺的，好像中毒了。没想到，天性固执的父亲还是在樟木头买房了，他还邀请母亲过去视察。母亲气势汹汹地上了火车，要去三千千米外的南方声讨父亲。

家乡是座小城，虽历史悠久，但仍是座小城。小城里的人，被祁连山闭塞了几千年，闭塞出一身的悠闲与知足，于是不爱外出，更不用说在外买房生活。老人们于是说：“出门一里，不如屋里”，“金窝银窝不如自己的狗窝”。

母亲走后的几天，我寝食难安，除了牵挂他乡的父母，更好奇是什么地方让父亲如此留恋。我仔细回味着父亲的话：“窗外是一重又一重青山，一直远到了天边。山与窗之间，是条碧绿的河，日夜不停地流淌……”

母亲打回的电话里没有暴风骤雨，她静静地说：“地方不错，你会喜欢的。”

02

印 象

2010年的大年初三，光秃秃的北方还沉浸在过年的气氛里，冷不丁响起的鞭炮声仍肆无忌惮。在夹着冰花的冷风中，我们一家上了南下的火车。三十几个小时后，我就会到那个南方的小镇，那个叫“樟木头”的地方。

果然，它没有叫我失望，在繁华喧嚣的珠江三角洲，竟然还有这样一个恬静的角落，它像一间被遗忘的阁楼，里面弥漫着唐诗宋词酝酿了千年的气息。我轻轻地吟唱“斜阳独倚西楼，遥山恰对帘钩。人面不知何处，绿波依旧东流”。

看惯了大漠戈壁上的沙雕，听惯了撕心裂肺的贤孝，吹惯了辣如烈酒的西风，心早被磨砺成锈迹斑驳的古刀。可这漫天沁人的绿，却如一眼温润的清泉，缓缓流进我快要干涸的心里。

是的，我爱北方空旷下的苍凉，也爱黄土高坡上凛冽的沙尘。还有楼兰、胡杨、孤城、骆驼、花儿、王洛宾的歌，我都爱它们，它们有我前世藏好的灵魂。可是，岭南这变幻莫测的天空，如赴约的故人，早已走进了我梦里。

虽然离家的伤口依旧隐隐作痛，但我仍无可救药地爱上了南国那一抹柔弱的婉约。

父亲常说，要走出来，看看不一样的世界，领略不一样的文化。有对比才有感触，有感触才有文字。

03

迁　徙

八月，我沿着候鸟的轨迹迁徙，背起行囊，一路南下。

铁轨，蔓延出黑夜，爬过高山，穿过草地，掠过湖泊。家在身后，慢慢远去，一寸一寸，一米一米，一里一里……

曾千万次留恋，我终究还是离开了。带着牵挂，告别曾熟悉的一切，包括我精心经营的事业，暂且称之为“事业”吧。虽不过几间教室，几百学生，却是我赖以生存的饭碗。

之前一年，我又去了两趟樟木头。每次，它都向我风情万种地招手。它的笑，绽放在山巅，一蹙眉，便是万千风雨。

也许，是这个地方真的惹文人怜爱，很多作家都来购房居住。于是，便有了“作家村”之说，一时间，全国闻名。某个小憩的间隙，我想起了竹林七贤与兰亭集会，一碗酒，一挥袖，泼洒出风流无数。

志同道合者在一起，总是好的。大家无事神聊，一件件奇事、怪事、荒唐事，总沾满写作的灵感。天南地北的作家，满肚子天南地北的故事，听得你忽惊叹，忽龇牙，忽冥想，忽狂笑。老人们常说，一个蚊子打喷嚏，都能惊了千里外老熊的梦。这偶尔之间的谈笑，或真是下篇文章的素材哩。除了聊天与出行，互为朋友的村民，总是能帮到你。

不过，在樟木头，父亲欣赏的人真是不少。作家村很像一个文化美食平台，多种文化大餐，依托各方作家荟萃于此，叫人叹为观止。

04

息　羽

中秋过后，下几场雨，天便凉了。

此时的故乡，应是到了黄叶飘飞的时节。故乡的秋，是孤独的秋，是苍凉的秋。叶一落，世界便没了颜色，漫天漫地的风，灌出漫天漫地的惆怅。那儿，总有个诗人在吟唱：

枯藤老树昏鸦，
小桥流水人家，
古道西风瘦马。
夕阳西下，
断肠人在天涯。

而南国，依然温润。

窗外，树影婆娑，是漫天的绿。

我收起目光，落在眼前的纸上。

——2011 / 10 / 4

第二辑

暮色里的旧时光

我与父亲雪漠

从我懂事起，就知道，父亲在写一部“大书”。没想到，他这一写，竟是二十年。提笔时，他是风华正茂的青年；落笔时，他已年近五旬。

01

从我懂事起，就知道，父亲在写一部“大书”。没想到，他这一写，竟是二十年。提笔时，他是风华正茂的青年；落笔时，他已年近五旬。在写这部“大书”期间，发生了很多事，现在想来，倒也有趣。

刚从老家搬到小城时，我们一家住在一间单身宿舍里。房子很小，仅能容纳一张单人床和一张沙发，后来又加了一组书架，书架满满占了一面墙。现在想来，那时的生活应该是清贫艰难的。可是，在我的记忆中，我们仿佛是世上最富有最快乐的人。在那时，我脑海里没有任何关于“贫”与“艰”的感觉，因为父母从没给我传递过这方面的任何讯息，于是，我傲气十足地成长着。

我们一家人常常谈笑风生，论英雄，论爱

情，论历史，论成败……父亲对着一个七八岁的孩子谈这些时，带着所有的尊重和真诚。他经常给我讲些文学家的故事。还在上幼儿园时，我便知道了许多伟大作家的名字：托尔斯泰、曹雪芹、陀思妥耶夫斯基、巴尔扎克、雨果……对这些人，我满是向往。他们像是我另一个时空里的朋友，伟大而亲切。从那个时候起，我便立志要当作家，当个像父亲一样的作家。在我心中，他是和托尔斯泰一样的作家。

很多时候，我们之间更像是朋友。八岁那年，我这样问父亲：

“爸爸，八年算多年吗？”

“八年？应该是算的。”

“哈！那以后我们之间就不是父子了，是兄弟！”

“为什么？”

“你不是常说‘多年父子成兄弟’吗，既然八年算多年，那我们当然是兄弟了！”

父亲哈哈大笑。后来，他常把这故事讲给朋友听。

每天早晨，父亲三点起床，起床后，他首先打坐，然后才写作。每当我睁开眼时，都能看见他精神抖擞的样子。从幼儿园起，他便要求我每天五点起床，他说“三更灯火五更鸡，正是男儿读书时”。好多人听到我五点起床，都笑父亲“残忍”，对我充满了同情。那时候，我就暗暗笑他们，我每天比你们多起三个小时，一年就是好多天，这相当于我比你们多活好多天。

在十八岁那年，我开始尝试写长篇小说，我学着父亲也每天三点起床。那是我一生中最值得留恋的时光，我完全沉浸在自己创造的世界里，或喜，或悲，或爱，或恨……我把灵魂化作一缕云、一场风、一片雪、一首歌，它们交织在一起，清澈而唯美，演绎出沧海桑田的寂寞。窗外，一地星光。

刚开始困极了，我对自己说：父亲也是这样过来的，他可以，我也可以。就是这个念头，帮我支撑了无数个难熬的凌晨。那一年，我还在上学，每天睡眠不足四个小时，可就是在那时，我写出了很多让父亲称赞的文字。那一段时间，我觉得我的心灵是和父亲相通的，因为我总能在他的眼神里，找到我所需要的一切。

后来，我爱上了早起，母亲说我是爱上了举世皆睡我独醒的感觉。

父亲的《大漠祭》初稿完成时，我们家搬进了楼房，欠了很多债务，迫于这些压力，父亲出了关房，开了一间不大不小的书店。刚开始很忙，父亲早上修行，上午写作，下午用来处理事务。他后来告诉我，下午应事的时候，也是他最好的调心良机，他说他行住坐卧，都不离本尊。他不拿念珠，却能记下一天里诵的所有咒子。他的身上常带一串硬纸片，每一片上都写着唐诗或宋词，稍有闲暇时，他就拿出纸片记诵。后来他说，他背会的大部分诗词，就是这样背的。

等书店的生意稳定后，父亲再次入了“关”，他刮了光头，剃了胡子，躲进了城郊的一处农房内，又开始闭关。我不知道他的关房在哪里，从那时起，我便很少看到他。母亲除了照看书店外，每天给父亲送一次饭。此前，有四年时间，父亲是与世隔绝的，他自己做饭，也不叫母亲送饭。那时，父亲留给母亲的，是无休止的等待。我在小学六年级时曾写过这样一段话：

> 我敢说，如果没有母亲，就没有父亲今天的成就；如果没有母亲，大家绝对看不到那本叫《大漠祭》的书。为

了父亲，母亲付出的太多了。

在无数个黄昏和夜晚，母亲总会趴在窗口，痴痴地望着外面。我知道，母亲在想父亲。父亲在一个离城区很远的地方修行和写作。他与世隔绝地待了整整四年。

父亲走了。母亲承担了家里的一切，撑起了这个家。她起五更，睡半夜，为家庭奔波着。她不让父亲担忧，让父亲在那里安心创作。

父亲走了。这个房子空荡荡的，没有了往日的笑声，没有了往日的温暖，家一下子变得十分冷清。母亲忍受着孤独寂寞。但是母亲的意志十分坚强。她坚信，父亲一定会辉煌的。既然付出了，就一定会收获；既然耕耘了，就一定会丰收；既然努力了，就一定会成功。她全力支持自己的丈夫，再苦再累也不怕。她愿为丈夫付出一切。

母亲的身体本来就很虚弱，但她以惊人的毅力和坚强的意志克服了一切困难。说实在的，我真佩服她。她是个坚强的女性。

每到夜里，家里就冷清得可怕，静得可怕，没有一点温暖的气息，空气似乎也凝固了。可母亲就这样，度过了一个又一个孤独的夜晚。在父亲写《大漠祭》的几年里，母亲老了许多。在这期间，她就像慈母一样关怀着父亲。如果没有那份等待的煎熬，她至少比现在年轻许多。她做到了寻常女性做不到的一切。

父亲闭关的四年里，母亲仿佛老了十岁。

一个又一个黄昏，一个又一个孤独的剪影。

记得有一次，我发高烧，整整一个星期无法退烧。从医院到家里，都是母亲一个人在跑。那几天夜里，母亲无法睡觉，她

我与父亲雪漠

一遍遍把用凉水浸透的毛巾放到我额头上帮我退烧。她没有告诉父亲，怕打扰他。可是，我无法忘记她被风吹乱的头发和一身的落寞。

现在，她开始照顾我，像当初照顾父亲一样。她帮我做完所有生活中的琐碎事，好让我有更多时间写作读书。她常说，用她的生命来节省我和父亲的生命，让我们有更多的时间做我们想做的事。她说这话时，总显得平淡与坚定。

有时候，当写作的灵感消失殆尽时，我总是很懊恼。每每这时，母亲就会说，能凌晨三点起床写作的孩子，怎么会没有出息？听到这句话，我心中所有的阴霾与懊恼都消失了。

每当我写东西时，家里就安静极了。母亲蹑手蹑脚地走路，轻声轻气地说话，生怕一不小心弄出的声响会惊走我脆弱如水泡的灵感。母亲从不主动要求看我写的文章，我每次眉飞色舞地给她讲小说的构思与选材时，她回馈于我的，永远是满足的笑容和赞许的眼神。

支持完父亲支持我，不知不觉间，母亲老了，早已过了不惑之年。她头顶的白发再也不躲躲闪闪，曾经羞涩的皱纹，现在也大大方方地爬满了她的额头。写到这里，我特别想哭，我不知道怎么去报答我的母亲，我只有好好写作。

提起父亲，我满是骄傲；提起母亲，我满是感恩。

为了写那部“大书”——我眼中，这大书，甚至也包括了父亲自己——父亲放弃了许多别人眼里的好机会。无论是升官还是发财，他都放弃了。同事笑他傻，亲戚干着急，年少的我也不知道为什么，但我支持父亲的选择，就像后来他支持我的选择一样。

父亲每天待在那个残破的关房里坐禅、读书、写作，一日、一月、一年……十多年后的一天，我去了父亲的关房。那是一间狭小的房子，里面仅放着一张单人床和一张写字台，写字台上堆满了书。那屋子像山洞，很黑、很湿，没有严格意义上的窗户，只有尺把大小的一个天窗。父亲戏称自己在“坐井观天”。房子的墙上挂着一幅字：“耐得寂寞真好汉，不遭人嫉是庸才。”

2000年10月，父亲的“大书”之一终于出版了，它就是《大漠祭》。这本书一时轰动了，除了书本身很优秀这个原因外，大家津津乐道的是作者“十二年磨一剑”的精神。很多人非常吃惊，在这个浮躁功利的时代，竟然有人用十二年时间去一遍又一遍地写一本书。可是我明白，父亲不仅仅在写一本书，他是在完成自己，一次次打碎，再一次次重建。他用一支笔重塑灵魂，完成了蜕变。

《大漠祭》出版后不久，父亲低价把书店盘了出去，还剩下上万册书。几位当官的朋友想帮他处理，父亲没答应，他全部捐给了农村的孩子。他又开始了闭关，他一边修行，一边开始《猎原》《白虎关》《西夏咒》的写作。

02

父亲用他半生的经历教会我一件事：选择。关于“选择”，他曾告诉过我三点：一、每个人的命运都是由自己选择的；二、每个人在任何时候都可以选择；三、你选择成为什么样的人，只要努力，就一定会成为什么样的人。

对于这些，我坚信不疑。于是在高二那年，我选择写小说，选择退学。关于我退学这件事，当时几乎所有的人都反对。他们或惋惜，或嘲讽，或不解，或责备。每个人都给我讲一大堆道理，试图说服我。我微笑着摇头。见我无动于衷，他们把矛头转向父亲：你怎么能由着一个毛头小子做决定？他将来会怨你的！父亲并没有阻止我。他说，你选择好没有？选择好了，就去做。

其实，别人并不了解当时的情况。那一段日子，我每天三点起床写小说，然后六点去上学。因为马上要升入高三，学习压力很大。可是，我再也没有办法把精力放在学习上，我满心都是小说，每天沉浸在小说的氛围当中，并为没有足够的时间写小说而懊恼。一年时间在挣扎与茫然中匆匆流过，小说已写到高潮部分，可每天并不能淋漓尽致地发挥。区区三个小时，一晃而过。我彷徨无措，身心疲惫，若干个夜晚无法入睡，眼睁睁等到凌晨三点的铃声响起。

要么写小说，要么上大学。

如果上大学，那么整个高三我就无法写作，我的小说将夭折。我很清楚，在特定的时间内，那种特定的感觉只会出现一次，它就像青春，一旦消逝，无法再次拥有。

我实在受不了这份煎熬和折磨，我选择退学。这个选择很艰难，它意味着我将失去很多机会。如果成不了作家，以后连生存都成问题。但我想，不成功便成仁。我宁愿贫困潦倒，也不愿追悔一生。我说，我要截断身后所有的退路，不回头，不转身，不倒退。

2006年6月29日的下午，我把退学申请交给了学校。记得那天，阳光灿烂。

我的退学申请，是这样写的：

> 在父亲的影响和教育下，我爱上了读书和写作，并且明白时间在飞快地流逝，没有任何人知道自己会不会活到下一秒，我在跟死神赛跑。这并非钻牛角尖，我需要更多的时间潜心读书，来思考这些问题，但是在学校我始终静不下心来。从去年6月开始，我每天早晨三点起床练笔，到六点去上学，而这远远不够，仅仅三个小时满足不了我的需要。更可怕的是，在学校我已不能全身心地投入学习，体力不允许。所以在学校的十几个小时里，我几乎浪费了大半时间。一个人一生只要做好一件事就行，我奉行这个

原则，我要对自己负责。这也是我选择退学的原因之一。

人生无非几十年，而精华的时间，能出成绩的时间也不过十几年，少一天是一天，我要集中精力做好我应该做的事，再不能苟且地活着，我相信自己的能力。我尊重每一个有梦想的人，包括我自己。

当然我深知上大学的重要性，但现在的我，已经不能放下读书和写作。我选择了另一条小路，也许我会为自己的选择付出代价，但我尊重自己，我会尽力实现自己的价值，我对自己充满信心。这绝不是一个荒唐的决定，我相信，时间会证明一切！

现在看来，只有在那个轻狂的年龄，才能写出这样轻狂的文字。

奇怪的是，退学后，我竟然无法写出一个字。那段时间，我失魂落魄，如幽灵般游离于人群之外，感觉世界一下子离我好远。所有的声音消失了，所有的喧哗离我而去。我不再每日奔波于学校和家之间，不再琢磨抛物线和坐标的关系，不再幻想进入大学后会过怎样的生活。

我每天坐在电脑前，这就是生活的全部。

在日记中，我这样写道：

退学后，一种莫名的空虚猛然袭击了我。我仿佛被抽去了脊椎，茫然中找不到自己，就连梦都昏沉得如泥石流。我整天游离于半睡半醒之间，头重脚轻地熬着时间……

那是一段可怕的日子，我终于知道“寂寞猛于虎”，终于明白为什么父亲关房的墙上挂着“耐得寂寞真好汉，不遭人嫉是庸才”。

几个月后，我恢复正常，开始平心静气地写作，再次沉浸在小说中，并且每天疯癫地狂呼自己是天才。

其实，我很留恋曾经的校园生活，很向往自己不会再拥有的大学生活。我不止一次梦见自己又回到了学校，在操场上和同学打闹，在课堂上听老师讲课。那种渴望，在梦中都能清晰地感觉到，甚至刻骨铭心。这些我从来没有对别人讲过，包括我的父母，我倔强地走着自己选择的路，决不回头。

后来，很多人问我，放弃上大学你后悔吗？

我或许遗憾，但不后悔。因为，这是我的选择。

03

父亲无所好，唯爱书，且嗜书如命。

若有朋自远方来，进入我家必定会大声惊呼：这么多书！是的，触目所及，尽是书。我家有个习惯，为节省空间，总是以书为墙。除此之外，客厅、卧室、走廊、睡床，甚至厕所，都摞满了书。我家在武威有两层楼，每间房里，从地面到屋顶，都是书。现在，到东莞才两年，又是“满天满地”的书，按妈的话说，是“书满为患”了。

父亲爱书，真是爱到了骨子里。我刚学会翻书时，他便告诉我，每看一本新书，先要包好书皮，看前必先洗手，不得撕破，不得折叠，不得乱画。看完后，要放回原处。要敬畏每一本好书。

父亲每到一处地方，总先去找书店。所有他能打听到的书店都不放过，无论是规模庞大的书城，还是陋巷深处的书摊。我几次跟他到陌生的城市，他总能轻车熟路地找到书店，我很是纳闷，许多东西他视而不见，为啥找起书店来却如此轻车熟路?

我们全家去旅游，他宁愿放弃游览著名景点的机会，也要去书店淘宝。刚开始我颇有微词，他见我不乐，哈哈一笑：景点以后还可以看，好书错过就错过了。虽然我们每年都要外出旅行，但按照妈的说法，我们的旅行只是从这儿的书店，到那儿的书店。

父亲很大方，好多宝贝都随意送了朋友，唯有书，很少外借。我们一家还在住单身宿舍时，他便在书架上贴了张纸条：免开尊口，概不外借。早年，他也老借书给人，但那些人大多有借无还，更有不少人只是借了书去装门面，其实并不读书，父亲便不借书给那些附庸风雅者了。后来，父亲买了很多专门用于送人的书，要是他觉得某本书和你有缘，他会毫不犹豫地送你。他送书不借书，有意思。

父亲看书很杂，什么领域的书都看。他看书有自己的原则，其中有三条最主要：第一，首先看今生里最值得看的书；第二，书的内容要充分吸收、消化，能够为我所用，切不可变成枷锁；第三，看书时，不要一味去找书中的缺点和不足，要发现它的优点，学习它的长处，读书不是为了挑毛病，而是为了汲取营养。

父亲看书，只看一生里不读就会感到遗憾的那些书。他从不读死书，也没有变成书呆子。关于第三条，后来他也用到了与人交往上，他说眼睛是用来发现美的，发现优点的，不要刻意去搜寻别人的缺点和毛病，那样只会给自己和他人带来不快或痛苦。他说，要像大海那样，不要管哪条河流里的泥沙有多少，你所做的就是拼命吸收营养，让自己大起来。

在这样的耳濡目染下，我也爱上了读书。自小到大，我从不缺书读。上中学前，世界上几乎所有的童话名著我都读过了。当我的伙伴们还沉溺于游戏机时，我却遨游在美妙的童话世界里，如痴如醉：我曾在北欧的森林里与狼人战斗；或者为狐狸列那的狡猾赞叹；要么安静地听敏豪生吹牛；有时候也想拥有一只穿靴子的猫……我有很多个身份，每个童话里我都是主角。

提起童话书，还有一个不得不说的故事。

十几年前，我们一家人刚进城，住在父亲的单身宿舍里。那时候，穿皮鞋是一件很洋气的事，母亲从未穿过皮鞋，一直都穿手工做的布鞋，父亲很想为母亲买双皮鞋。终于有一天，父亲拿到了一笔稿费，五十五块整。于是，我们一家人开开心心地上了街，去给母亲买皮鞋。一路上，我们都在讨论买什么颜色什么款式的皮鞋。走到广场时，父亲停下了脚步，这里有一家他常去的书店。父亲说，看看就走，很快的。

我们一家人进了书店，父亲去看社科书，母亲去看生活保健书，我则跑到了儿童专柜。马上，一套书吸引了我的注意力，那是一套连环画，叫《世界童话名著》，有八本，几乎包含了世界上大部分经典童话，最主要的是里面的画美轮美奂，我爱不释手。很快，父亲母亲也发现了这套书。父亲说，这是套好书。他一看价格，正好五十五块。父亲和母亲相视而笑。母亲说，还是穿布鞋好，穿皮鞋脚疼。

那天，我兴高采烈地抱回了那套书，只是心里隐隐觉得对不起母亲，不过这份歉意很快就被这套书带来的喜悦冲淡了。这套书我看了无数遍，是我最重要的宝贝，现在仍端端正正地摆在我的书架上。

这是一件小事，并不撕心裂肺，也不惊天动地，可我就是忘不了。

后来，家里开了书店，那段时间我看了大量的书。书架前，我或坐，或爬，或躺，或卧，看得昏天黑地，好多时候忘了写作业。父亲没有怪过我，反而给老师打电话，说不要给我布置家庭作业。好多人觉得不可思议，我笑笑，他就是这样一个怪人。后来上初中，我实在无法忍受无数次重复的学校作业，父亲又给老师打电话，说不要给我布置学校作业。之后，他便开始有计划地安排我看书。当我的同龄人正在无数次地做同一道题目时，我却如饥似渴地读那些世界上最美妙的文字，关于这一点，我觉得很幸运。

父亲爱书导致的直接后果是：我很少买书。因为我所有需要的书，都能从父亲的书架上找到。我想，我还是老老实实看书吧，至于逛书店买书的快感，都留给父亲吧！

04

父亲当老师时，每到假期，都要求“看校”——在学校值班。因为回家应酬多，浪费时间。

某次过年，父亲曾在学校宿舍门上贴过一副对联，上联：“哎，谁家放炮？”下联：“噢，他们过年！”横批：“与我无关。”

好多人把这副对联当作笑谈，我却知道这笑谈背后的坚守与艰辛。

家乡凉州是典型的西部小城，凉州人很有意思，特别知足常乐。凉州城城区很小，开车从城这头到城那头，不过十多分钟。就是这样一个小城，稍具规模的茶屋便数千家。此外，一到夏天，公园、植物园满是人，到处是简易餐厅，人们坐在树荫下，要个大盘鸡、两个凉菜，然后搬来两箱啤酒，要么划拳，要么打牌，要么聊天……步行街、广场边、大厦楼顶，但凡有人经过的宽敞地方，都摆满了啤酒摊、烧烤摊。若是家中遇事，不管大小，必要摆场，划拳声震天响，喝不到认不出爹妈，决不散场。

某年，央视的一档节目出了这样一个问

题：亚洲最大的露天赌场在哪里？答题者都往澳门选，谁知答案竟是甘肃凉州的东关植物园，因为这里可以容纳万人同时打麻将。凉州人知道后哈哈大笑：这算啥？不过冰山一角。

凉州人就是这样，爱知足，擅享乐。在这样的凉州人中间，父亲是个异类，甚至像个怪物。他从不酗酒打牌，也极少应酬。奶奶常说，你爹什么都好，就是不懂人情世故。奶奶嘴里的“人情世故”，是多走走亲戚，和很多人搞好关系，需要的时候也巴结一下领导。早些年，就搞关系而论，父亲并不成功。他性格耿直，不会察言观色，总惹领导生气。他也不善交际，朋友极少。在很多人眼里，他桀骜不驯，特立独行。

说到这里，有个小故事让我记忆犹新。

很久之前，父亲在乡下教书，是一个穷教师。后来，经过考试，被选拔到了城里的学校。那时候，他已蓄起胡须。办调动手续时，教委人事科的干部说，你要么剃掉胡子，要么回原乡下教书。让所有人目瞪口呆的是，他真的回原乡下教书去了。有的人摇头，有的人嘲笑，有的人惋惜。那时候，乡下教师挤破头地往城里钻，唯他，为胡子放弃这么好的机会。很多年之后，他在教育局工作，领导再让他在胡子和教委工作之间做个选择，他仍然选择留下胡子。幸好，他遇到了赏识他的教委主任，才被留在教委。

前些年，每逢过年我们都在老家陪爷爷奶奶。一到老家，他便爬上热炕，看起书来。院子里，亲戚们喝酒、划拳、打麻将，虽很热闹，却根本影响不了他，他仍旧看书，一看看到大年初三，我们起身回城。

奶奶看到他这样，对我讲：“这个娃子小时候就这样，只要有书，吃饭、挑水、烧火时，书本也从不离手。”

从老家回来，父亲说，这几天我读了几本书，你呢？同样的时间你做了什么？

我赧然。

一年四季，我们家很安静，很少来客人，从不摆酒场。

小时候，我也不解。别人家总是很热闹，我们家永远那么冷清。那时候，我认为父亲孤僻而自傲。直到后来，他跟我算了一笔账，我才明白这一切的缘由。

在一个阳光灿烂的下午，父亲跟我说，我跟你做道算术题吧：假设人生七十年，睡觉占去三分之一；上学占去十六年；吃饭、喝水、上厕所每天算两个小时，这将近五六年；谈恋爱再占去几年；生孩子、教育孩子，为孩子上学、工作、结婚操心再占去几年；还有孝顺父母；看电视、上网；锻炼身体……

那个下午，父亲像小学生做算术题一样，几小时、几天、几年，认认真真地加，仔仔细细地算。最后，我们得出的结论是：人生是负数！我们假设一个人按部就班地做好所有事，七十年时间根本不够！

父亲用犀利的目光盯着我说，人的一生时间有限，如果你想成就什么事，就必须学会珍惜时间，必须学会舍弃，这样你才有足够的时间做你想做的事。我的脊背上、手心里全是汗，这道数学题让我惶恐不安。我终于明白父亲为什么是个“怪人”，为什么不去吃喝享乐，为什么我们家一直都很“冷清”。

我在记忆里搜寻了很久，一直没有找到父亲浪费时间的任何一个画面。坐车时，他在看书；澡堂里泡澡时，他在看报；刷牙时，他上起下蹲锻炼身体；读书写作时，他都在持着宝瓶气修炼……他似乎从来没有单一地做啥事，这个发现让我惴惴不安，我似乎浪费了太多的时间。

后来，某电视台采访我：你父亲是怎么教育你的？说说你在父亲身上得到的收获是什么。

我说：最好的教育是以身作则，给孩子一个榜样。我父亲就是给我树立了一个榜样，他用他所有的行为告诉我，要想成为他那样的人，该怎么做！

后来，我开始享受家中的“冷清”。每天，玻璃窗中照进来明亮的阳光，铺在书架上，恬静而从容。

时间不曾走过，一切好像停止了。

05

人常说，奇人必有异貌。父亲算不算“奇人”我不敢肯定，但绝对有“异貌”。无论走到哪里，都有人说父亲隆眉深目，像极了外国人。关于父亲的相貌，我很纳闷，我们祖辈皆相貌平平，现在有血缘关系的亲戚也都长得四平八稳。唯独他，“豹头环眼急性人，虎须钢髯黑煞神”。

见过父亲的人，几乎都感叹他的相貌，尤其那一脸胡子和眉间的朱砂痣。有人曾说，看胡子，雪漠像个魔王，再看眉间的痣，他又像个佛陀。父亲听完，哈哈大笑：雪漠非魔也非佛，不过是个疯老汉。

但是，我们一家信仰佛教，可不是因为父亲额头的朱砂痣。

按奶奶的说法，很小的时候，父亲就信佛，但他并不是个时时把“阿弥陀佛”挂在嘴边的人。后来，整理父亲的日记时，我才知道他十七岁时就已经拜了松涛寺的吴乃旦师父为师。我小的时候，他常给我讲佛经故事，告诉我不要踩蚂蚁和虫子，不要骗人，要多帮助人，将来做个好人。

老家有个金刚亥母洞。父亲说，这是个天下闻名却不为凉州人所知的地方。小时候，我们一家常去那里。那时，那个神秘的洞穴还未封起来，里面黑乎乎的。洞里上下左右有很多大小不一且扭曲不平的通道。每次，我们一家和看洞的老乔爷一待就是很久。父亲摸着洞壁上如水晶般璀璨的矿物体说："这是个伟大的存在！"伴随金刚亥母洞的，还有张屠夫和五个女孩的故事。这故事口耳相传，从西夏一直流传到今天。党项民族早已蒙上面纱，隐进了历史的迷雾，而金刚亥母洞和这个故事却仍然讲述着那段特殊的因缘。后来，它走进了父亲的小说《西夏咒》。

不久之后，我们一家去五台山朝圣。这是一次真正意义上的朝圣。一个多月的时间里，我们早晨出发，黄昏归来，朝拜了五台山的每一座山峰。那段记忆里，除了庙宇和山路，就是我们在不停地走。有时候，为了去一个隐在青山褶皱中的寺院，一天要走几十千米。

那段日子，我们朝拜了五台山所有的寺院，跪拜了所有的佛像，转动了所有的经轮，绕行了所有的佛塔，留下了所有向往的脚印，用所有的虔诚感受那里一草一木的气息。

那些日子是宁静而幸福的，抛开身后所有俗世的繁杂，在一条条小道中，在一次次寻觅中，品味心灵的简单和干净，每一片天空为你湛蓝，每一缕山风为你清澈，每一棵大树为你苍劲，每一座寺庙等你赴约。

走啊走，从前世一直走到来生！

我跟着父亲朝拜了很多圣地，像拉卜楞寺、塔尔寺、夏琼寺、香匈寺……几乎每一个所在，都成为我心中的净土。

我们家最近的一次朝圣，是去西藏。

这是个让我魂牵梦萦，却不敢触碰的地方。

《牧羊少年奇幻之旅》中水晶店的老板这样说：“因为麦加是支撑我活下去的希望，使我能够忍受平庸的岁月，忍受橱柜里那些不会说话的水晶，忍受那间糟糕透顶的餐厅里的午饭和晚饭，我害怕实现我的梦想，实现之后，我就没有活下去的动力了。……所以我宁愿只保留一个梦想。”

对于西藏，我也有这种感觉。生怕自己会失望，会破坏我营造已久的梦境。我心中的西藏只属于我，只是我的圣地，与别人无关，与外界无关，甚至与真实的西藏无关。

但我还是决定去朝圣，这世界不缺梦想家，缺的是用行为去敬畏、实践真理的人。况且，很多风景需要你亲自去抚摸，才能感受到它的灵魂。

于是，雪山、佛殿、圣湖如赴约的故人，裹挟着浩然之气，走入我的生命。

朝圣归来，我忽然意识到朝圣的目的地也许不是最重要的，最重要的是要有朝圣的心，然后用朝圣的行为去净化自己的灵魂。后来，父亲说，他的所有行为，其实都是在朝圣。

再后来，看历代高僧大德的传记，里面的许多高僧大德或为弘法，或为取经，都跋山涉水过。我想，这份跋涉，也许是修行的一部分吧。

流年似水，世事变迁。长大后的我，对于信仰也有了自己的理解。我特别喜欢父亲的一句话：“真正的信仰是无条件的，它仅仅是对某种精神的敬畏和向往。信仰甚至不是谋求福报的手段，信仰本身就是目的。”仿佛是一个回头的瞬间，眼前豁然开朗，我看到了从来没有见过的风景。

06

我和父亲一共经历过几次重要的死亡。经历这些死亡，每一次都让我觉得筋疲力尽。它们仿佛是黑夜背后的狞笑，是地缝深处的绳索，是灼人心肺的烈火，让我惶恐不安，让我经受撕裂般的绝望。

第一次在我生命中留下死亡印记的，是二叔——那个二十七岁便被黄土掩埋的年轻男人。他叫陈开禄。他留给我的，仅仅是几个片段，我甚至想不起他完整做过的一件事。他的存在，就像是一场被人中途惊醒的梦。

关于二叔，我最早最清晰的记忆，是他得病之后。那时，肝癌晚期的他手术失败，于是回到家中。他躺在炕上，一脸蜡黄，肚子高高鼓起。我站在刚进门的角落，远远地看着他，不敢亲近。他向我摆摆手，要我过去。我摇摇头，因为我被一种莫名的恐惧笼罩着。我看到所有人提及二叔的病时，眼神中都流露出灭顶之灾般的惶恐，到后来谁都不愿提起，这仿佛是一个无法愈合的伤口，哪怕用手指轻轻触碰，也会释放出让人战栗不止的痛。看到我不过去，二叔眼中的光一下黯淡了，我看得出他很失落。想起这个片段，我就很难受，直到今天，我都无法原谅自己的这个举动，我不明白，一个五岁的孩子，为何这般冷漠。

再看到他，已是阴阳相隔。

在一篇文章中，我这样写道：

> 我很清楚地记得那个早晨，幼儿园干净的窗玻璃上出现了妈妈悲伤的脸，她和老师说了几句话，然后老师转过身说：陈长风，收拾一下书包，跟你妈妈回家。
>
> 刚一进门，一院子的哭声。我被吓蒙了，怔在原地，久久回不过神。那些原本在我看来很高大坚强的大人们，竟哭得如此悲伤，我被震惊了。后来，二叔入殓时，我看见了他铁青的脸。那张脸从此烙进了我的灵魂。

现在想起来，那时对我震撼最大的，并不是二叔死亡本身，而是人们在他死亡之后的表现，准确地说，是父亲和奶奶的表现。

父亲陪二叔走过了他生命最后的几个月，他眼睁睁看着一个强壮的男人如何被黄土掩埋。他脸上的悲怆，深深刺痛了我的心，因为我从来没有见过他这样。二叔发丧那天，他把自己关在小屋里，写了一篇很长的悼文。

二叔的英年早逝，直接改变了父亲的人生。此后的若干年里，他开始思考死亡，并且在他的卧室里摆上一个死人头骨，时时提醒他生命的易逝。他曾指着那个头骨对我说：他（她）曾经或许很有才华，或许富甲一方，或许英俊潇洒，现在这一切都不

作者在腾格里沙漠

重要了，重要的是在死神追上他（她）之前，他（她）有没有做完自己该做的事。

如果说父亲的表现让我惊慌，那么奶奶的表现则让我恐惧。

我曾这样写：

> 二叔入土的前一天夜里，风很大。道士拿着钉子，开始在院子里钉棺。这时本来早已瘫软的奶奶，突然像一阵风，刮到了棺材上，她拼命想打开棺材，要见二叔一面。众人费力地把她抬进了屋，她的指甲抠在棺材上，留下了深深的印。
>
> 之后的几个夜，绝望而漫长。奶奶凄厉的嚎叫一直没有断，这号哭幻化成生命所有的绝望和无奈，游荡在黑暗的荒原上。

那几天，我没敢进奶奶的屋子，更不敢看奶奶的脸。我站在熙熙攘攘的院子里，她沙哑的嘶叫从窗户里传出，混进了嘈杂的唢呐声中，变成一把锥子，一下又一下攮着我的心。

院子里虽满是人，却渗出一种从未有过的荒凉。我身体的某个地方总隐隐作痛，仿佛有个虽不流血却很深的伤口。我不记得那时的天气怎么样，可印象里是满天黄土，太阳昏黄暗淡，空中刮着冷冷的风，无论穿多厚的衣服，也总有一种彻骨的寒冷。

次日，我随父母去攒坟，在一锨锨黄土的飞扬中，我知道了这就是每个生命的终点，无论你怎样努力，都躲避不了。

如果二叔的离开，让我对死亡有了第一次印象。吴师父的逝世，则是我最近距离地感受死亡。

吴师父原名吴乃旦，是凉州松涛寺的住持。父亲依止他二十多年，并从他那里承接了许多珍贵的香巴噶举教法。我小时候常去寺里玩。

以前的松涛寺，徒有寺的虚名，只有几间土坯房。听父亲说，大殿与佛像早就毁掉了。吴师父最大的心愿，便是把松涛寺重建起来。

吴师父的师父，人称“石和尚”，是凉州有名的武术家，功夫高强，很是厉害。他是父亲小说《西夏咒》中“久爷爷”的生活原型，也是《西夏的苍狼》中“石和尚”的生活原型。直到今日，关于他武艺的神奇传说，仍被凉州街头的老人们津津乐道。十八岁那年，崇尚武术的我，拜了凉州一位有名的拳师，于是听到了很多关于石和尚的故事。按理来说，吴师父应该也是位功夫高手，因为他是石和尚唯一的徒弟。可事实与此相反，对于功夫，吴师父一窍不通，倒不是因为石和尚小气，而是因为吴师父认为学武没有意义，不究竟，空耗生命。为此，我惋惜了很长一段时间。

为了修寺，吴师父常年只就着开水吃晾干的馒头。这些馒头是每逢初一十五，信众供给寺里的。

在吴师父快七十岁的时候，松涛寺终于初具规模。

吴师父示寂前，我们一家去看望他。

松涛寺里依然宁静，大殿空荡而寂寥，灌满了参禅的风。佛像前的地上，仍放着那个被坐破的蒲团。院子里的百年松树，遒劲有力，浩然沧桑。它们看透了人世的悲欢离合，早淡然成了面壁的达摩。

吴师父把所有的钱都用来修寺了，根本没有注意到自己已经是古稀老人，更没有注意到自己营养不良的身体。他真正做到了无我。

回家的路上，父亲告诉我，人的价值就是他行为的总和，吴师父是位了不起的高僧。

一周后，在松涛寺里，吴师父永远睡着了。他修起来的每一座殿、每一堵墙、每一级台阶都静静地陪着他，并述说着他的伟大。

吴师父荼毗那日，我和父亲早早来到现场。天还未完全放亮，下着蒙蒙小雨。以前我以为荼毗（火葬）场所应该很阴森，没想到却异常寂静，竟有种身在庙宇的感觉。

天亮时分，其他寺院里的师父们来做法事，法器声、诵经声、哭泣声混成一片，一一融入了我心中的空灵。

法事完毕，开始荼毗。

荼毗炉上有个小口，可以看见炉内的情景。父亲让我站在那个小口前，看一个生命的归宿。

这让我明白生命是个玩笑，被神祇肆意戏弄的玩笑。

我感到天旋地转，仿佛在坠落，无休止地坠落……

之后的一个月，我失魂落魄，如鬼魅般游荡，眼前常常出现燃烧的白骨。那时，阳光被乌云遮蔽，情感被冷风凋零。世界是个被遗弃的孤堡，黑暗、死寂，茫茫千年。

我忽然明白了佛说的“无常”，感到了无常背后天塌地陷的绝望。是啊，万物终有一灭，乾坤终有一劫。

那时节，我找不到活着的理由，觉得世界没有意义，生命没有意义，一切没有意义。那段日子，我不再写作，不再看书，不再有喜怒哀乐。我看见了尽头，天的尽头，生命的尽头，世界的尽头。

几个月后，我慢慢走出了绝望的泥潭，不再纠缠空无一物的虚无。经过这次历练，我再看这熟悉的世界，竟分外真切而清明。

是啊，吴师父圆寂了，遗体荼毗了。可他修的寺院还在，修寺院的精神还在。这精神会传承，这智慧会传递，会影响更多的人。

那火，也烧去了我的许多执著，让我认真地考虑自己的生命。我老想，若干年后，当自己的身体进入火化炉时，我是否能留下那烈火烧不去的东西。

在后来的岁月中，当我浪费生命或自欺欺人时，就会想起那个荼毗炉；当我纠缠于执著时，也会想起那个荼毗炉；当我遇到岔路无法抉择时，更会想起那个荼毗炉。它虽然不发一声，却总是在我的生命中喧嚣不息。

至此，父亲才教会了他想教我学会的事——用他的智慧和行为。

我将沿着父亲的足迹，走出我自己的路。

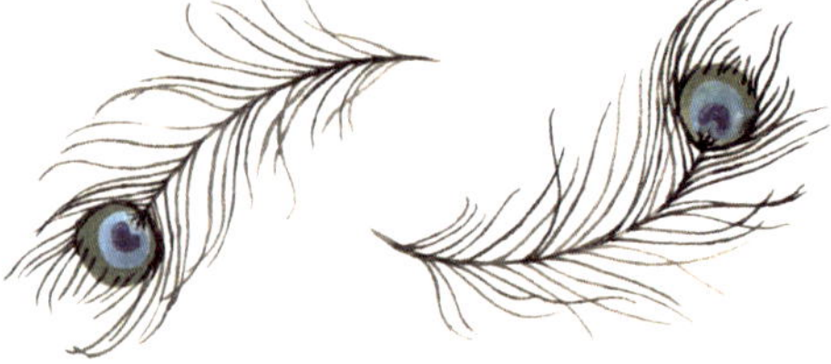

爱不落下——忆心印法师

这是心印法师写的一首诗，诗的名字叫《可惜天亮了》。读过这首诗的人都说诗中有种寂静的美，可是我读这首诗时，心中却萦绕着一种遥远而荒凉的伤感，略觉隐隐作痛。

01

夜
色很浓
浆稠成寂静的大海
两条游鱼在海里嬉戏
寂静吞噬了世界
游鱼吞噬了寂静
在寂静的世界里
漫天地是空行母喜悦的歌唱
在寂静的世界里
烈焰的海洋迸出刺目的光芒
在寂静的世界里
生命不再属于个体
在寂静的世界里，你说
朦胧的夜色下你看起来真像个美人
可惜，天亮了

这是心印法师写的一首诗，诗的名字叫《可惜天亮了》。读过这首诗的人都说诗中有种寂静的美，可是我读这首诗时，心中却萦绕着一种遥远而荒凉的伤感，略觉隐隐作痛。这也许是因为那时，我已经预感到她的宿命，那不可逆转、遮天蔽日的宿命！

2010年的中秋，正值国庆长假。心印法师与几位朋友离开温润的岭南，来到苍凉空旷的西北。我眼前出现的，是一位安静的女子，喜怒不形于色，眼神中略有一丝高傲的倔强，而倔强背后藏着常人难以发觉的敏感及脆弱。

那是我第一次见她，当时她已被确诊患了舌癌。

那段时日，心印法师是快乐的，她对凉州的一切充满好奇。可是每到吃饭时，总能看见她微皱的眉头和艰难的表情。我知道，这不仅仅是因为疼痛，而是这疼痛在提醒她一个千真万确的事实，并向她暗示那个绝望、黑暗的终点。

这种感觉似曾相识。十几年前二叔确诊肝癌时，我从很多人脸上看到过这种表情。

短短的几天中，我们一家人带心印法师和她的朋友去了很多地方，有腾格里沙漠、金刚亥母洞、汉长城、文庙以及寺院。每当看到她的笑容时，我总在心底唏嘘，唏嘘她即将脆弱如水泡的生命。

国庆假期一结束，心印法师便回到广东，继续去主编她的潮流杂志。

斗转星移，再次相见是在广州。那是大年初三，在鞭炮声中我们一家乘列车南下。而在广州接站的，正是心印法师。这是我第一次踏上岭南这块土地，在这个潮湿、温暖的地方，因为有心印法师的存在，我没有感觉到陌生和孤独。之后的几天，心印法师带我与女友——那时我们还未结婚——去了很多地方，也吃了许多广东小吃。她恨不得把全广州最好的一面展示给我们这对涉世未深的恋人。

在心印法师家住的几天中，我开始慢慢了解这个谜一样的女子。她是《1626》的全国主编，这是一本潮流杂志，在同类潮流杂志中排名全国第一。所以，她拥有潮流且前卫的生活。她的衣服、靴子价格动辄几千上万元，这让我那并不注重穿着打扮的女友瞠目结舌。她家几乎不做饭，差不多每一顿都到外面吃。在患舌癌之前，她的生活几乎算得上奢靡，抽烟、酗酒、泡吧，一样不差。这所有一切，都是她患病的隐患。虽然，在确诊舌癌之前，她已经改变了大部分生活习惯，但为时已晚。

这并不是她的全部，在这奢靡生活包裹下的，是一个脆弱敏感的灵魂，这缘于她痛苦的童年和彷徨、空虚的青春。她给我讲过关于她的很多故事，每个故事里都有相似的情节，每个故事里都充满惩罚、猜疑、恐惧、多变和悲伤。她在讲这些故事的时候，眼神中永远充满空洞的恐惧，瞳孔像黑洞一般深邃。我能想象，这个脆弱的灵魂匍匐在布满荆棘的地上，带着血淋淋的伤口，爬向一个遥远的未知。在无数个莫名的瞬间，我总在想，注定她命运的，到底是什么？

在她家的其中一天，她推荐我看一部电影，名字叫《睁开你的眼睛》。电影扑朔迷离，布满悬疑，风格诡异多变，情节在现实与幻觉之间穿插，一切交织在一起，混乱得如同泥石流。直到最后一句台词出现，我才彻底看懂了这个故事。

但就是这部电影，让我陷入了深深的沉思。我无法准确地讲出导演在这部电影中要表达什么，是无常？欲望？死亡？生命？性？爱情？重生？信仰？好像都是，又好像都不是。但可以肯定的是，心印法师的一生，是这部电影的另一个版本，更真实的版本。在心印法师圆寂之后，我突然明白了那部电影的灵魂——超越。

虽然在积极治疗，但心印法师的病情还是日益加重。后来，她选择辞职，要知道在很长一段时间里，这份工作是她唯一引以为傲的东西。只是在生活面前，一切都黯然失色。再后来，她想要出家，于是又选择了离婚，离婚时因为要分割财产，所以又卖了房子。那时，正值寒冬腊月，离过年没几天了。我接到了她的电话，电话那头的心印法师在广州街头。在这个合家欢乐的时刻，她已走投无路。我能想象，在寒冷的街头，她是如何一次次孤独地徘徊。了解到这一情况后，母亲说，没什么大不了，让她来武威过年。

这是心印法师第二次来武威，虽时隔不久，但与第一次来时截然不同。那次，她是来旅游，虽算不上风光无限，但也意气风发。这次，她几乎算是逃难，衣着虽然仍旧光鲜，但灵魂狼狈不堪。

在我记忆中，这是心印法师最快乐的日子。我们全家给予她无微不至的照顾，尤其是母亲。心印法师在二楼佛堂清修，母亲按她的需求，做好每顿饭，然后亲自送上送下。这一次，她整整待了三个月。还好，因为有这段时光的存在，在心印法师圆寂后，我还能安慰自己，毕竟多少为她做过点事。

几个月之后，农历六月十五，是我的生日。我接到了心印法师的电话，她告诉我她剃度了，从此她与我同一天生日。

不久之后，我们全家搬至广东。此后，便能时时见到心印法师，只不过因为病情的加重，她已经不能说话，交流只靠笔和纸。

与最初相见时相比，此时的她已脱胎换骨。那些奢华浮夸的服装，已经换成一袭僧衣、一双布鞋。在她的身上根本看不到绝症病人常有的神情。她宁静、淡然又安详。

02

心印法师曾这样说：

> 感恩命运让我遭遇这场磨难，它是我“闻道”最大的助缘，若不是它在我人生最意气风发的时候从天而降，也许我至今仍活在浑噩之中，仍然乐此不疲地过着以苦为乐的生活，虚耗着生命，这样活着，哪怕活上百岁，一辈子也不过如苍蝇飞过了虚空一样；感恩命运让我在人生关键的时刻遇到了雪漠老师和大手印文化，让我明白了生命的真相，了悟生死的道理，并给予我改变命运和升华生命的机会；感恩命运给予我的每一天，让我有多一天时间去减少生命的遗憾，完善自己，升华生命，实现价值。

明白以上道理的心印法师，仿佛突然从噩梦中苏醒了。她撕去自己所有的假面，然后揉揉眼睛，驱散一直笼罩她生命的迷雾。这一切，恍如凤凰浴火重生，我看到她的生命开始怒放，甚至炽烈地燃烧，直至最后给世界留下了一个清晰的光影。

心印法师的蜕变，源自首届香巴文化论坛。那时，她已走出了对死亡的恐惧，对于自己的命难开始坦然接受，她决定做点事，以重铸自己的灵魂。于是，她策划、主持了首届香巴文化论坛。在我记忆中，那是她生命中最光辉灿烂的日子。那些天，她忙碌不停，或主持，或安排，或督办，或跟进……井然有序地安排好论坛的一切。这时，我才从她身上看到了一位优秀主编的素质。除此之外，她每天都以极艳丽的面貌出现在我们面前，她每天都换不同的衣服，每天都配不同的耳环，每天都有不同的妆容。当然，我明白这份美丽背后的刺痛，也了解她比我们所有人都热爱生命，她想做烟花，在天空中极致地绚烂，然后消失进无始无终的时间和无边无际的空间。

一年后，在北京举办的第二届香巴文化论坛中，心印法师捐出三十万元人民币，作为文化传播专项经费。

心印法师圆寂前一周，她所主编的《世界是调心的道具》一书正式出版发行。之前，重病中的她主编了三本《香巴文化》杂志。在她圆寂后，仍有五本她主编的书要出版。

我能想象，在重病中，在极致的疼痛中，她是如何颤抖着触摸这些文字。这些文字化为另一副骨架，变成另一种血肉，组成她的新身体，一种更长久、更光明的身体。

我想谈的，不仅仅是以上这些。今天，我更愿意以朋友的身份写点文字，以纪念我们的相识，以祭奠她远去的灵魂。

在心印法师圆寂前几天，我去看望她。此时的她已瘦弱到极致，连每一次呼吸都仿佛要用尽全力。

我认得她鼻梁上那副眼镜，心印法师是新锐主编时，它在那儿；心印法师出家时，它在那儿；现在心印法师瘦骨嶙峋，它仍在那儿，只不过显得比以前突兀了许多。我知道，这次它在那儿待不了多久。有时候，人真不如个物件。

与心印法师瘦弱的身体形成鲜明对比的，是她的心灵。其实这时，她已断食两天，死亡随时会降临。虽处在死亡的笼罩下，她却没有一丝不安与伤感。相反，她显出一种极致的宁静和安详，脸上带着莲花般的淡然。

11月18日，心印法师悄然而逝。这一天，没有眼泪，也没有悲伤。她的生命如一朵花似的，悄悄合拢了。我知道，她已得解脱，如一滴水进入大海，如一缕烟散入虚空。

这是心印法师的节日，是她生命最后的谢幕。

03

之后，我常常想起心印法师。偶尔坐地铁时，总能忆起她带我和妻子逛广州时的情景，那时她倚靠在栏杆上，轻轻地笑，没有掩饰，也没有悲伤。现在，周围的人群依旧，只是没有了她的身影。这座繁华的城市，一如往日的喧嚣，它不会注意到一个女子的出现与消失，也不会理会一个灵魂的失望与落魄。光影闪烁，霓虹依旧……

不可否认，她曾在黑夜中前进，没有烛火，也没有星光，只有一路荆棘和泥泞。她或踉跄，或摔倒，或爬行，想突破命运的坟墓，想穿过夜的尽头。她曾落魄，曾绝望，曾痛苦，曾如夜风一样在荒原上游荡。但这一切，并不是她生命的全部，这仅仅是一个序幕，在序幕拉开后，她驱散恐惧，脱去悲伤，洗尽铅华，然后淡然地立于世间，接受风雨与年华的洗礼，留给世界一个坦荡的背影。

在无数个瞬间，我在想：这是个怎样的女子？她悠然地转身，着一袭僧衣、一双布鞋，化为一缕青烟，散进历史的尘埃中。

我和心印法师相识，只有短短四年。她在我的生命中匆匆出现，又匆匆消失。但无论如何，她都是我永远的朋友。

心印法师之前的博客名叫“爱不落下”，我问她为什么叫这个名字，她没有解释，只是说是英语umbrella的音译。今天，我就以这个博客名作为我文章的题目。

既然以诗开始，那么我仍然以诗结尾，诗的名字叫《彼岸》，作者是心印法师：

把身体留给世界
把灵魂留给自己
让身体去经历生老病死
让灵魂去体会世间的一切苦
生死循环
苦海无边
在无尽的时空中
你虔心忏悔吧
母亲的爱终会凝成一叶轻舟
载上苦厄中的你
彼岸在何方
彼岸就在轻舟里

一条被遗忘的鱼

窗外的风随心所欲地吹着，带走这个秋日仅存的一点儿温馨，扑满眼的是太多的无奈与落寞。日子就这样平静又单调地过着，带不来一点儿悬念。

01

窗外的风随心所欲地吹着，带走这个秋日仅存的一点儿温馨，扑满眼的是太多的无奈与落寞。日子就这样平静又单调地过着，带不来一点儿悬念。

我叹口气，转过身，游走了。

不知从什么时候起，心就被这个看似虚无的东西罩住了，它干净得没有一点杂质，只有水晶一样纯净的寂寞，反而让人觉得不安。像极了这眼前的日子。缸里的水脏了又换，换了又脏，总有一股自来水的味道，总有那种让人心惊肉跳的感觉。但最后连这种感觉都没有了。

天灰灰的，云低低的。我被放在五楼的窗台上，透过窗子，能看见外面的世界，却感觉整个世界也被一大缸水泡着，泡不出一点新意，越泡越消沉了。心里便涌动起一股莫名的潮。当我们不再为食物奔波，不再为生存费尽心机时，其实也失去了生活的意义。至少我是这样想的。命运定格的这一刻，我们注定要用自己的生命来撑起别人的快乐。

心总被一根看似无形的细线拴着，有意无意间，老是能拽出种让人麻木不了的痛，叫我无法安然地面对堕落。世界上最痛苦的事，不是失去自由，而是很清醒地堕落。

现成的一切就漂浮眼前，只要向前滑动一点点，就能尝到曾经梦寐以求的美餐，而现在反而失去了进食的快感，不饿到脑袋发晕，我绝不望它们一眼，甚至觉得这些东西有点恶心。

潜意识里，我感觉自己是挂在悬崖上的风筝。

认命吧！好多时候，我都心灰意冷地长叹，仰起头品尝自己涩涩的泪水。当夜来临的时候，我闭上眼睛，静静地去想自己曾经拥有的一切：小河的流水；岸上的青草；像蝴蝶一样的花，或是像花一样的蝴蝶；还有爱抓青蛙的孩子。当初多么讨厌他们嘻嘻哈哈的笑脸，可如今，想再看一眼那些与河水一样纯净的瞳孔，却成了永远不可能实现的奢望。那时候，我总是静静地感受天的蓝、云的白。也很想把身上的鳞变成一双翅膀，一直飞呀飞，飞到云边，去亲吻一下那种遥不可及却又亲切的感觉。我也爱看星星。田野里星星很多。在水里看星星有种特别的韵味，微浮的水波让一切更朦胧，更具有诗意……

哎，不想了。我晃动着尾巴试图从伤感中游出来。好想忘记这一切，却越忘越深了。伙伴睡了，前几天才出生的两条小鱼还荡着。在它们身上已经看不到童年的稚趣，只有满目的萧然与失落。或许在冥冥之中，它们也曾见过那条清澈的小河，做过同样的梦……我不知道对于这些生命的“眷顾”，是应该庆幸还是应该悲哀。这世上，那些看似幸运的，又何尝不是灾难。我眼前

麦田

出现了大片迷雾，雾里花开花谢，月圆月缺。

小城没有绚丽的灯光，只有一盏盏孤白的光晕，像是在诉说着寂寞的眼睛。一切虽彷徨，却也坦荡。只是在萧瑟中发抖的时候，谁都显现出一言难尽的委屈。夜很深，深到快要让心沉沦。无言望窗外，恍若遗失了自己，我开始胆战，因为我找不到所谓的意义。

缸底散落的鳞片，是消失的思绪，反射出幽幽的月光。我纵然游过万水千山，又能如何？就连那不知其几千里大的鲲，也无法让眼泪流成长河。

我仿佛是在等待，却又不知在等待什么；我仿佛是在寻觅，却又不知在寻觅什么？天上的星宿在颤抖，似乎是在陨落前做着最后的祷告。一切都透出淡淡的贬义，冷笑着，卷走又一个季节。

楼下树上的叶子黄了，枯了。风一吹，便如断翅的蝴蝶，飘摇着，在空中舞蹈。我在五楼，可以居高临下地看它们绝美又充满凄凉的舞姿。有时，风一大，千百只“蝶”便在一起舞出生命最后的绝唱，每到这个时候，我总能在它们身上看到自己的影子，心又隐隐作痛，于是，我转过身，游开了。

这个秋天比我记忆中的那些秋天要冷很多，漫天的回忆，融入季节里，变成更多的雨！

02

时间真的让人很难琢磨，有时度日如年，有时却一晃百日。主人好长时间忘记换水了，我很不喜欢“主人”这个称谓，但姑且就这样叫他吧。水有点晕臭，可谁又在乎呢？干净的水，容易让人清醒，可清醒了只有孤独与痛苦。

昏沉了几天，竟发现到了冬天。窗户里偶尔也会飘进零星的雪，那淡淡的白，带着些外面的气息。有几片落进缸里，很快消散了，之后无论我怎样去找，这发臭的水里都没有了雪的影子。我只好失落地叹气。

真正感觉到冷，是那场大雪后。水缸边的暖气虽时时烘得我发晕，但这冷却是能渗进心里的。那场雪下得好大，大得让人刻骨铭心。到后来心开始隐隐作痛，你说这纯洁的白待在天上多好，为何要折断自己的翅膀，坠落进这个庸俗的世界呢？也许，这也由不得她们，好多时候能选择自己命运的并不是自己，譬如我。

大雪过后，天气格外的晴，天蓝得让人想哭。透彻的阳光射进水里，虽带不来多少温度，但这份质感却是我向往了很久的。阳光里，我轻轻地晃动身体，想褪去身上的颓废。闭上眼，玻璃缸仿佛在清澈的阳光中，慢慢消散，最后化为晶莹的空气。我在这份带着暖意的清澈中，顺着阳光，一直向上游啊游，感觉快要到了天边……

一直在寻觅这样的感觉，淡淡的，有只属于自己的熟悉，却又像是来自陌生的远古。我爱待在离水面很近的地方，就是为了能等到过往风里的这种气息。

这是生命里最应该珍惜的东西。

就像晴天也会突变一样，不知何时，心摇曳着，变得重了。那些曾经被压抑的感觉开始肆虐。我像深山里参禅的老僧一样，不吃不喝，甚至一动不动。静静地把自己封闭在这些感觉里，于是那个所谓的灵魂，便自觉或不自觉地离现实世界越来越远……我仿佛看到一张泛黄的古画，静静浸泡在河底，任岁月流进同样会泛黄的记忆里……静谧的夜里，昏暗的屋顶上隐约显现着无常，窗外凄冷的风景里，我看到了自己幽怨的样子。极力在脑海里搜寻那几缕灿烂的阳光，想要它们晒一下幽魂一样的自己，可它们也被洇湿了。

惨淡的心情扯阴了天，冷风开始乱叫。世界萧条地沉浸在昏黄里，分不清是早晨还是黄昏，只觉得这像极了落叶的颜色，或者世界本身就是一片落叶。我看见一个惆怅的影子袅袅而至，她是人类里，那个叫作李清照的女子。她说：

“卷帘西风，人比黄花瘦。”

03

周围的水中，不知不觉间弥散出一种颓废的气息。回首看，不远处的水面上漂浮着两个幼小的身体，白肚皮翻出水面，没有光泽的眼珠阴阴地盯着我。对世界的厌倦，没有让他们留下一抹温馨的笑。我看到了一种比黑夜更深的颜色……

幼鱼的母亲绝望了心，在摇摇晃晃中向前游，越游越迷茫，越游越凄凉。爱与恨开始交织，我忘不了她那透着惊恐与爱的眼神，也忘不了那张欲哭无泪的脸。那个瞬间，世界在微微震颤，所有的喧嚣被隔离在心门之外。无声的撕心裂肺开始在水中蔓延，我看到幼鱼母亲的背后，正有夕阳缓缓落下，染红了大片的云……痛到极致便不再有痛。夜里，她开始木然了眼睛，木然了心。呆滞的目光穿越灵魂的代沟，静静望着走在另一个世界里的步子……

寒战随后而至，心被一片巨大的阴影掩盖。我恍若看到自己的头顶上，有一只不鸣叫的乌鸦。我开始害怕，并不是害怕死亡，而是这令人窒息的气氛：一种独行于世间的孤独，就像从坟墓里爬出的笑。我开始呐喊，却没有声音，该碎裂的仍然碎裂了。一只从云缝里伸出的手，盖在了水缸狭小的上空。

我开始考虑自己，考虑将来如何给历史证明自己曾经的存在。这可不是梦的呓语。但问题是：证明了又能怎样？

看不破红尘，堕不入空门。轮回也不是根本的结局。我不知道生命消散后会坠入怎样的虚空。那些隐藏在尘埃里的影子，或许真的只是影子，或许连影子都不是。那么给我一个理由，哪怕是虚伪的。但是没有！

一切是个无情的玩笑，存在与未存在的，最终都会隐匿于大荒里。看惯了生死别离，就不会再骗自己。那些善意的伪言，不过是歇斯底里后的自欺欺人。要么就混沌地活下去，不要去思觅，因为清醒后的空白，是无法言语的痛苦。

次日早晨，主人便发现了这两具幼小的尸体，随手把他们捞起，掷出窗外。我看到了一条近乎完美的弧线，那是消逝的生命。

此后的时间里，我老感觉眼前漂着两个幼小的影子，影子里渗出刻骨铭心的冷。

几天后的一个早晨，天刚微蓝时，那位木然了心的母亲，也将自己的肚皮翻出水面，深陷的眼睛里，尽是不甘后的嗔恨。于是我知道：离去，是因为爱到了极致。

惨暗的光，掠不去离别的痛。一切被渲染得好凄凉。恍惚中，我看见那位母亲带着孩子，满屋里晃。她们是在寻觅吧，可这看似浩阔的大千世界，哪里能有她们的归宿？

缸里的水，一日凉过一日。冥冥之中，我看到自己也被抛出了窗外。半夜里，被冻醒后，便再也无法入睡。黑暗的空中，传来一声又一声歇斯底里的叫。

本来嫌小的水缸，此后变得好大，感觉比大海还要空旷。因为接下来的日子里，这寂寞的水中，将只有一条试图晃走寂寞的尾巴。

世界好冷，只有泪的温度。

04

又是一个没有星光的冬夜。

我开始害怕天黑，夜却愈加漫长。

白天我疯狂地游动，希望疲惫可以将自己早点拽入梦乡。可梦里却也尽是冷寒彻骨的寂寞与凄花落尽的孤独。

天空残冰一样，再也不曾见到过阳光。

楼下的行人总是匆匆走过。有时，长长的一条街上，竟只有一辆呼啸而过的汽车。

天空中，也见不到有鸟飞过。

时间并没有因此停止。所有的人，都已无心欣赏沿途的风景，匆忙走来，又匆忙离去。小城于是多了越来越多的离别。越来越多的离别，变成越来越冷的风。

对面是钢筋水泥楼群，豪华却没有一点温度，像是刻着几句套话的大理石墓碑。入住的人家更是寥若晨星。我都能透过那些玻璃窗户，看见里面苍白的墙壁，所有的装饰显得欲哭无泪。

看惯了外面的景致，游过身，房间里肆虐着

灰尘。主人不知在忙什么，好长时间没有回来了。殷实的家里落着层寂寥，显现出不曾有过的破败。

闭上眼，沉入缸底，身上落满无奈。

我开始喜欢天黑，因为我已经不习惯于等待。过往的风里，总有破灭的期待，那是好多望眼欲穿的眼泪。于是那些失落的路灯，都变成了一个个诗人，眼神里尽是醉酒后的憔悴，却还希望，某一次蓦然回首后，期待的影子会出现在另一个灯火阑珊处。但千百次回首后，那里仍然没有销魂的眸子，甚至没有佛陀圣明的微笑。那么，就继续醉酒，继续憔悴，继续等吧！直到下一个洪荒。

今天很早就醒了，天未亮，下着大雪。街面上泛出点点晶莹，路灯映照下的雪竟这样美，这样的飘摇。这是未曾被玷污的圣洁。

漫天的雪影是个清美的女子，轻轻转动着裙角，舞出淡淡的哀愁。仿佛是秋千上那只不舍离去的蝴蝶。

没有人陪我看雪，只好孤独地清醒于苍茫世间。

05

主人终于风尘仆仆地回来了，疲惫的身上带着些笑。跟他进来的几位民工，稍微打量了房间后，开始搬东西。

灰尘歇斯底里地飞扬。

主人从另一个房间里端出个更小的玻璃水缸，把里面的水和一条青鱼倒了进来。我这才知道，那些寒冷夜里，我并不孤独。

一位大汉鲁莽地把水缸抱起，摇摇晃晃地下了楼。水拼命地晃，呛得我头晕。

新房子很大，刚装修完，还很乱。我被安置在阳台上。大概是七楼，在城市的边缘，因为我可以看到不远处的农村。

那条青鱼始终安静地待在缸底。

主人并没有随我们住进来。一声锁响后，另一群灰尘又开始肆虐。当所有的颜色与声音消失后，我感觉自己再次到了天边，到了一个被遗忘的角落。悬崖旁的风铃，依旧叮叮当当地响着，声音清脆而撕碎人心。

一切并没有因为换了地点而改变。依旧是空

旷的房间、长长的街、冷冷的夜、憔悴的路灯和失落的风。

青色的鱼好奇怪，虽在一个缸里，但感觉却是那样遥不可及。我很想珍惜这个伙伴，她的到来，甚至让我有过暂时的憧憬。我以后也许可以不再独自面对呼啸着冷风的冬夜。可她只是盯着窗外，纹丝不动。我只好尽量不弄出声响，陪她静静地待着。

最近不知为什么，呼吸有点费劲，眼前老出现幻觉。缸里没有食物已经很久了，我倒不在乎，对于生存我没有欲望，甚至有些心灰意冷。只是她越来越消瘦，我甚至可以看到她清透身体里呼吸的鳃。心隐隐地痛，我帮不了忙。

坐落在不远处的农村像是在等待什么。鸡不打鸣，狗不叫。每一扇门都严实地关着，没有人出来，也没有人进去。窗户里黑压压的，不见光线。只有烟筒里偶尔冒出些烟，在半天里就散了。

冬天快过去了吧，好像不怎么冷了。

呼吸越来越费劲，我只好像她一样，沉在缸底，尽量少游动。眼前的幻觉越来越离奇。眼皮好重，我觉得这幻觉像沼泽一样，我可能出不来了。随后的日子里，我都尽量使自己清醒，但要做到却越来越难。一恍惚，我就看到了我出生时的小河，小河里游着冷风中死去的母子……

忽然有一天，一声响亮的呼哨划破了天空，惊醒了昏昏欲睡的灵魂。

发出这响亮呼哨的是个孩子，忧郁的孩子。他坐着轮椅，在对面楼的落地式窗户里。他的皮肤很白，与昏黄的世界格格不入。他把拇指与中指放在口中，拼命地吹。于是，一声比一声响亮的呼哨划过天空，穿过云彩。这个刹那，我仿佛在呼哨里，听出了宿命的呼唤。

孩子每天都准时出现。确切地说，只要我一睁眼，他都在那儿。从早晨天微蓝时，一直坐到天黑后我看不清他的影子为止。那里从没开过灯。

此后，每当我深陷幻觉时，这呼哨总能唤醒我。在呼哨中，我看见了以前的自己。冥冥之中，有个声音告诉我，去吧，跟它去吧！但跟它走的，却不是我。极度消瘦的草鱼，不经意间浮上水面，她破例没有翻出肚皮，而是头轻尾重地背朝天，像是在呐喊。活着都不能发出自己的声音，死了叫喊什么呢？

这虽在意料中，但我还是很伤感。她的身体就这样一直在头顶悬浮着，皮肉开始慢慢地消散，最后只剩下头和单薄的骨架。恍惚中，我还认为她活着。她就用这种样子陪我度过了余下的日子。天气有些暖了，缸底有了淡绿的苔藓。我喃喃地对她说，忍忍吧，冬天就要过去了，再也不会这样冷了。

现在每呼吸一次，我都要用尽全力。感觉好累。呼哨声再没有响起，我挣扎着向外看，窗户里只有轮椅而没有了孩子。

我难过地闭上眼。

——2004年冬

失落的亲情

最近，总是想起那些遗落在记忆里的身影和名字，他们是我的兄弟姐妹。不曾忆起他们好久了，岁月快要将他们化为灰烬。在很多个梦里，他们扛着满天的落寞，无着无依地飘散。

最近，总是想起那些遗落在记忆里的身影和名字，他们是我的兄弟姐妹。不曾忆起他们好久了，岁月快要将他们化为灰烬。在很多个梦里，他们扛着满天的落寞，无着无依地飘散。

他们在哪里？他们还好吗？

她，我甚至不曾和她讲过一句话；她，我甚至没有见过她的面；他，早早离开了这个世界；她，遗落在他乡，黯然失色。不知岁月能否愈合他（她）们的伤口。只是，偶然间想起来，心里隐隐作痛，那些黑暗中的眼睛总是注视着我，一声声叫我“哥哥”。我想，我应该写些文字来祭奠我们之间的亲情。

01

“法海”飞飞

我的祖辈是农民，至今叔叔姑姑仍是农民，农民自然有农民的观念，其中最重要的一条便是要生儿子。

儿子！儿子！

大姑却总生不下儿子，等了好多年才有了儿子飞飞。

飞飞活着时，上面只有一个姐姐。等他离开后，又多了一个妹妹和弟弟。当然，关于这些他都不知道。他只是个匆匆过客。

飞飞长得圆头圆脑，一副和尚像。那时正在播《新白娘子传奇》，于是爸爸叫他“法海”。大家仔细一瞧，嘿，还真像！

飞飞不爱照相，每次照相他都哭。迄今为止，他只留下了一张照片，照片上的他哭得一塌糊涂。那时候，照相是件很奢侈的事。一提照相，大家总是精心打扮，然后神采奕奕地站在镜头前。所以，谁都想不通，飞飞为什么不爱照相。给他照相那天，大家哄了他很久，给他爱吃的核桃，许诺买好看的衣服。他一概不买账，拼命地哭，最后大姑心一横，把他扔在高椅上，相机“咔嚓”一声，留下了他活过的唯一证据。

在他离开很多年后，奶奶神神道道地说，这个娃可能知道自己的命数，所以才不肯照相，他是“法海”哩。我知道奶奶的话一半是为了安慰大姑，一半是为了安慰自己。

飞飞离开得很突然，在此之前我没有听到任何关于他得病的消息。那是极普通的一天，我家搬到楼房不久，爸妈整日外出经商，为了还房款。大姑和姑爹抱着飞飞来到我家楼下，飞飞执意要找大舅。我说爸爸不在家，然后踮起脚尖揭开盖着飞飞脸的头巾，没想到这竟是最后一面。他脸色紫灰，且出满水泡。我说，飞飞怎么成这样了？大姑低头一看，倒吸一口冷气，撒开腿就往外跑，如离弦之箭。我不知出了什么状况，怔在原地不知所措，但隐隐觉得要出事，也跟着跑了出去。可是，跑了没有几步拖鞋就掉了。我一边捡鞋一边踉跄着跑，好在医院离家不远。刚跑到医院口，爸妈骑着摩托一闪而过，速度实在太快了。

在往后的很多年里，我总是想起这个下午，想起颠簸的路面和邋遢的拖鞋，就是在这段时间，一个五岁的孩子永远离开了他妈妈的怀抱。

我还未走进医院大楼，撕心裂肺的嚎叫就已经在里面炸开。当时，我并不知道发出这嚎叫的是大姑和姑爹。当我走进大厅时，有两个人躺在地上，疯狂地扭曲身体，扭出一声声带血的嘶叫。在此之前我从未见过，人可以绝望痛苦成这样。

之后，这嚎叫幻化成无边的黑夜，弥漫进大姑的生命，久久不肯散去。

飞飞被装进电视机纸箱里，送进了火葬场。

之后，大姑又生了一个女孩和一个男孩，总算填补了飞飞离开后的空白。可是，在无数个瞬间，我总会想起他，那个不愿意照相的孩子。

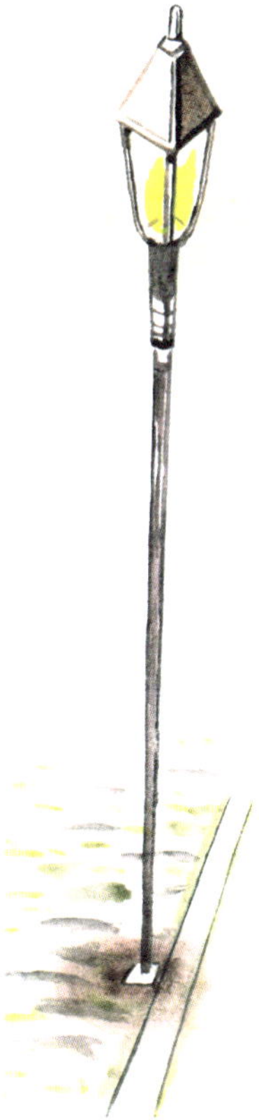

02

无名二妹

二妹并非没有名字，只是我不知道而已。甚至在最初的几年里，我都不知道她的存在。不过可以确定的是，时至今日，她都不会知道有我这样一个哥哥。她像闪电一样，毫不商量，骤然窜进我的记忆。

二妹只出现过一次，那是在小叔的婚礼上。拉泔水的老代把她抱来，奶奶心疼地拉着她的手照了张相。然后，她便消失了，像散进风里的炊烟，再也没有出现过。

虽只见过一面，可我仍清晰地记得她的模样，那眉眼像极了二叔，害羞而倔强。

二妹是二叔的二女儿。因为二叔想要儿子，所以她一出生便抱给了人家，是拉泔水的老代。老代有几个儿子，唯独没个女儿，于是赶紧稀罕地抱了去。这些是后来妈妈告诉我的，也是在那次婚礼上，我才知道自己还有个妹妹。

很多年后，小叔婚礼上所有的细节我都忘了，唯独记得二妹的眼神，警惕而陌生，刺痛了我们所有人。

老代拉泔水养猪，据说对二妹很好。虽然这些“据说”都出自老代之口，但奶奶每次听后都很满足，她絮絮叨叨地向知道这件事的人老说，那丫头掉到福窝里了，老代对她好得很。背什么好书包，穿什么好衣服，奶奶都讲得清清楚楚，不知道这些是她杜撰的，还是听老代说的。无论如何，听到二妹过得不错，大家的歉意会少很多。

我上中学时，在放学路上常常遇见老代，每次都会和他打招呼。他总是吆着那头老驴，拉着装满泔水的车在路上晃荡。我每次都想问问二妹的情况，却一直张不开口。我知道，这是件大家都想回避的事。后来，不知是他刻意躲避还是别的什么原因，我再也没有见过他。每想到这些，我总是很失落。

流年似水，她现在应该快二十岁了，不知她过得怎样？走在街上，就算擦肩而过，彼此也不认识了。

算了，相见不如怀念。

03

大妹“婷婷”

关于婷婷的记忆，相对清晰些。她遭受的变故最多，二叔去世时，她三岁，隐约能记事了。

记忆里的婷婷很爱哭，哭时嘴张得老大，可以看见里面颤动的小舌头。那时候，我很反感她哭。现在想想，对于坎坷的命运，小小的她除了哭，还能做什么呢？

二叔住院期间，大人们除了忙碌便是悲伤，无暇顾及她。于是她常住我家，由我照看。如果那时候我知道这是我们兄妹间唯一相处的日子，我会对她更好些。

知道自己病情的第二天，二叔走了。他没有流泪，没有哀叹，没有抱怨，留下一对儿女，倔强地闭上了眼。悲伤，汹涌而至，淹没了所有人。

二叔下葬不久，婶婶便要改嫁。这正应了《红楼梦》里的那两句话：“世人都晓神仙好，只有娇妻忘不了。君生日日说恩情，君死又随人去了。”

她要带走那一双儿女。爷爷奶奶自然不允，他们要留下二叔的根，要将对儿子所有未尽的爱，全倾注在孩子身上。那些日子，有点惊心动魄的味道。奶奶强忍失子之痛，满身悲怆，一脸决绝，为了留下孩子，随时准备赴汤蹈火。她和爷爷天神般守在门口，挡住婶婶的娘家人。

两家人大战三百回合，都使出了浑身解数，偷、抢、拐、骗，场面激烈悲壮。最终，没有分出胜负。筋疲力尽后，两家人上了法庭。法庭上又是一番唇枪舌剑，尤其两家的奶奶（凉州当地称外婆亦为“奶奶”），她们嬉笑怒骂，把爱与恨演绎得淋漓尽致。法官最终结束了这场战争，把弟弟判给了奶奶，把婷婷判给了那个奶奶。

判决生效后，那家人包了辆车来接婷婷。年幼的孩子，并不懂大人间的争斗。她惊恐地哭泣，挥手蹬腿，在大人怀里挣扎，就是不愿上车。后来，那家奶奶的脸上被婷婷抓出几道血痕后，她终于被抱上了车。

喧嚣过后，尘埃落定。两家人开始各自舔着伤口，等待岁月将它愈合。

这是1992年发生的事。

那一年婷婷三岁，弟弟满月，我五岁。

再次相见，是2006年，十四年之后的秋天。

我去老家看望爷爷奶奶，其间突发奇想，想去找婷婷。

于是，我骑着小叔的摩托车带着弟弟，按记忆中的方向一路打听，终于找到了她奶奶家，她没有跟随改嫁的母亲，而是一直住在奶奶家。

我敲了门，出来的是她奶奶。这个记忆中强悍的女人，头发也已半白。片刻迟疑后，她认出了我，随后认出了弟弟。看得出，她很激动，颤抖着把我们让进了家。婷婷不在，她去舅舅家了。

骑着摩托车，我继续辗转打听，天黑前找到了她舅舅家。相认的过程平淡而自然，她脸上的雀斑极像二叔的。没有嘘寒问暖，没有热泪盈眶，没有一切特别的情节。大家话很少，都沉默着，就如同这秋天的乡村。黄昏的雾霭模糊了曾经的伤痕。我把她带回奶奶家，十四年后，她再次走进了这个小院。

隔年之后的初夏，我们又相见了，这次是在爷爷的葬礼上。她坐着自己舅舅的摩托车，前来祭奠。烧了点纸就匆匆走了，没有戴孝。对此，亲戚们略有不满。

后来，她打来了电话，哭着解释了葬礼上的事。寄人篱下，很多事由不得她。

再后来，听说她去外地打工了。我也搬家到了南方。

不知下次相见是在何时？

04

最后，不是最后

本应还有一个妹妹，我却无从下笔。我既不知其姓名，又不知她在哪里？她的父母是吃皇粮的人，因为政策与前程，不能生第二胎，可是又想要儿子。于是把她装进筐里，放在路边，等好心人抱走。这不是个吸引人的桥段，可每每想起来，还是让人痛心。

妹妹弟弟们！

不知前世你们遭了怎样的变故，今生我们本在一起，续那未了的缘，谁知造化弄人，如今不是阴阳相隔，便是杳无音信。这血浓于水的亲情，也不过是命运的玩物。

无数种轮回，最终都是为了寂灭。看透的、牵挂的、抛弃的、执著的……

我们且听风吟吧。

古城秋语

在凉州，一到农历的七月十五，秋意便悄悄地来了，了无声息，只是在偶尔的一缕风中，才品出些清凉。

01

七月十五

在凉州，一到农历的七月十五，秋意便悄悄地来了，了无声息，只是在偶尔的一缕风中，才品出些清凉。若是夜里开了窗户，那袭进屋里的风中，秋意倒是浓烈些。是的，怒放的盛夏快要过去了，而秋一如黛玉般袅袅而至。

农历的七月十五，正是母亲的生日。佛教称这一天为“盂兰盆节”，道教称之为“中元节”。在凉州，倒是没有一个固定的称谓，大家只知道在这一天要给先人们上坟。外公去世早，那时我还小，只记得他不爱说话，是个沉默寡言的老头。这也许是因为那时，他的病已经很重了。提起外公，母亲总是很遗憾，说那时家境困难，没有好好孝敬老人，现在有能力了，却没有机会了，正是“子欲养而亲不待”。母亲将对外公的遗憾，全部弥补到外婆身上，生怕自己做得不够。所以，母亲很少过生日，这天一大早，她便赶回老家给外公上坟。

若是在凉州，我也要赶回老家给先人们上坟。最早的记忆里，祖坟里只埋着太婆和太爷，后来埋了二叔，再后来又埋了爷爷。太婆和太爷走得早，我没见过。二叔走的时候，我五岁，已经开始记事了。爷爷走的时候，我二十岁，刚刚长出了几根稚嫩的胡须。

记忆里，这一天总会下雨，今年也不例外。这雨已经没有任何夏天的模样了，淅淅沥沥，绵绵不绝。雨一下，天就冷了，阴风阵阵，总能钻进人的衣服里。

我家的祖坟在一个叫“河湾”的地方，虽然叫这个名字，但那里并没有河，甚至连条小溪都没有。或许以前有，因为常听老人们讲发大水的事，但从我记事起，那里就没有任何水了。河湾是整个村子的坟场，几乎所有人家的祖坟都在那里。早些年，河湾里还有树，而现在树越来越少，到秋冬时节，只剩一片荒芜。人们祖祖辈辈在这里生活，不管他们有多少喜怒哀乐，这片荒芜的土地，都将是他们最终的归宿。

给爷爷选坟址时，我在场。他下葬时，我也在场。那时的黄土还很新，与周围陈旧的颜色相比，显得突兀。而如今，新坟变成了老坟，与太爷太婆和二叔的坟相比，并没有任何不同。有时候，站在坟前我会恍惚，总觉得这黄土里埋的是个陌生人，甚至只是座空坟，而我的爷爷仍坐在坑头抽旱烟，他一边抽烟一边和人聊天。爷爷是个大嗓门，和别人聊天时声音总是很大。这场景伴我度过了整个童年，我从来没有想过，它会消失得这般突然，如同一场梦。

河湾里总是一片空寂，虽然有上坟人，仍觉得空寂，还有些悲凉。抬头看，铅灰色的天空无边无际，像一张冷酷无情的脸。雨已经很小了，若有若无。找点干柴，纸钱总能点着。我们一边烧着纸钱，一边说些“钱多，放心花，保佑家人……”之类的话。跳动的火焰，烤得脸生疼，一不小心还会燎到头发。烧完纸钱，火灭了，一个寒战，骤然间更冷了。

冷风习习，上完坟就要回去了。走远了再回首一望，三座坟孤零零的，可那里埋着三代人。被掩饰的情感，忽然间爆发了，内心千回百转，尽是凄凉之词。生死之间，不过是隔着淡淡秋风和凄凄冷雨，坟的那头，虽年华已逝，虽生命已亡，可终究是割不断的血脉与亲情。那一锹锹黄土，掩埋了一个人的历史和一个疲惫的身体，掩埋了万千情怀与幽幽思绪。可是，总有它掩埋不了的东西，比如这秋风，比如这离愁。

从老家返回，要坐一个小时左右的班车。车上的乘客，多数都是来上坟的，有学生，有刚出嫁的小媳妇，有在他乡出人头地的青年，还有年迈的老者。车内虽嘈杂，我却觉得静极了。人们表情各异，独独没有悲痛之色，甚至在偶尔之间，还会闪过一丝兴奋和欢愉。看来，这一日并非只有悲痛与凄凉，记忆的离别中，除了不舍也许还有温暖。再或许，对于这些出门在外的人，上坟的意义除了缅怀亲人，更重要的是可以回家，来亲近活着的人吧。

只是我，哪里知道这秋日的悲伤竟是奢侈品，还无法自拔了。看来，这秋天原本没有什么凄凄切切，只是因为多了像我这样的人罢了。

时间还早，赶紧回家，给母亲补过一个生日吧。

02

醉卧残阳

初秋的午后，像极了李清照的词，乍暖还寒间尽是淡淡的忧愁。若是无雨，天空倒也显得高远，云薄得像一层轻纱，挂在祁连山的尽头，随风聚散。

这种时候，我什么也不想做，只愿意喝杯清茶，再捧上一本诗集，随心所欲地看。浅黄色的阳光已经开始西斜，缓缓地爬满一地，带着淡淡的温度。秋后的世界，变得清心寡欲，无论是夜晚的弯月，还是黄昏的落日，都带着一丝若有若无的孤寂，像一首不曾有人读过的诗。

当然，这是凉州的秋，秋是它的灵魂。凉州是座古城，无论它如何发展，骨子里仍是座古城。只有古城的秋天，才有浓浓的秋意。岭南是没有秋天的，那里没有凄雨，也没有落叶，没有风沙，也没有如血的残阳。就算天冷了，无数的翠绿也仍然坚挺着，没有任何转身离去的痕迹。或许，温润的岭南不需要秋，不需要那太过枯黄的颜色，也不需要苍凉落日下的孤寂。可是，在岭南的日子里，我无数次怀念凉州这座古城，无数次怀念这座古城的秋。无数的诗人曾在那儿惆怅过，他们徘徊在纷飞的落叶里，吟出一首首千古绝唱。你听，它们还在大漠与戈壁上回荡：

葡萄美酒夜光杯，
欲饮琵琶马上催。
醉卧沙场君莫笑，
古来征战几人回。

也好，醉就醉了吧，古城的冷月残阳正好可以下酒。这肯定是秋天里写的诗，不然哪能有如此悲壮的忧伤。

还有马致远的《天净沙・秋思》，你认真听，那首元曲里有个老人在悄悄地讲故事：

枯藤老树昏鸦，
小桥流水人家，
古道西风瘦马。
夕阳西下，
断肠人在天涯。

快千年了，断肠人还在走，骑着那匹瘦马，摇曳在夕阳中，那古道没有尽头……这是个没有结尾的故事，故事不一定非要结尾，有时候没有结尾的故事才是好故事。

离凉州不远，有两片无边无际的大沙漠。我喜欢去那里，尤其在秋季。你看，古老的长城早已坍塌，那厮杀的战场也已变成了沙丘。你听，那金戈铁马的怒吼和战士思乡的笛声，穿越悠

篝火

悠千年，化为南飞大雁的鸣叫。那一声声，是思念，也是留恋。还有被风化的沙雕，它们痴痴地守候，不言不语，任秋风割出一道道没有鲜血的伤口。

这是个被流放的世界，是个被遗忘的世界，难道你没有看到苏武在风沙中眯起的双眼？他已经独自度过了无数个冷如寒水的夜晚。不过，他的背影从来没有消失，一直在夕阳下的沙枣树间流转着，直到如今。最坚韧的，是红柳，它不狂傲也不卑微，只是默默地活着。大漠爱它的红柳，红柳也爱它的大漠，若没有彼此，它们岂不是太孤独？好吧！就这样吧，一直到天荒地老。可是狐子说，“天荒地老”是个太虚伪的词，它拜了千年月，仍没有走出秋天的尽头。胡杨笑了，说它活着一千年不倒，倒了一千年不死，死了一千年不朽，可这三千年的岁月，仍不过是南柯一梦。一梦就一梦吧，梦出离别，梦出生死，梦出那世世不断的轮回。

仍是秋，仍是漫漫长夜的孤冷，仍是天涯尽头的背影。

诗人们的惆怅，化为枯黄的落叶，然后碎裂成无数的粉末，埋入亘古不变的黄土里。人们在这样的秋里，匆匆而来，又匆匆而去，不愿意停留。

秋的国度，清冷而遥远
那里藏着一首孤独的诗
它低吟浅唱
埋葬枯萎的年华
诗里尽是干涸的泪痕，还有
揉碎的微笑
它说

岁月如梦，人生如戏
过往，荒凉而苍茫
仿佛那被死亡定格的胡杨
歇斯底里
却又，寂静默然
离开，或回归
都被轮回的潮水搁浅
遥远的天幕
容不下我的眼神
不过，还好
还有灵魂可以依恋，可以
静静地，咀嚼
暗暗地，悲伤

03

八月十五

转眼间，就到中秋节了。日子一天比一天短，也越来越冷。也好，这清冷的空气，抚去了夏日的燥热，容易让人清醒。我家的窗外，原本是农村，早些年还可以看到天尽头的祁连山。现在，农村变成了楼群，祁连山躲入楼群后面，再也没有露过面。

父亲不在家，今年的中秋节和往年没有什么不同。献上精致的月饼，还有水果、蜡烛、燃香，这节就算过了。窗外，月亮朦胧不清，汽车声嘈杂一片。我有些失落，于是早早睡了。

夜里，一阵冷风袭入屋内，惊醒了我。之后辗转反侧，竟无法入睡。窗外，万籁俱寂，月光清冷一片。我想起了小时候的中秋节，想起了那个村庄和那时的月亮。

很小的时候，我便随父母进了城，不过并没有完全割断与乡村的联系。因为只有一个小时的车程，所以也经常回去。那是个极普通的西部村庄，人们简单地活着，质朴地爱着，或恨着。除过死亡，很少有轰轰烈烈的事。

在老家农村，“中秋节”是个很洋的叫法，人们一般直接称之为“八月十五”。

“哎，马上就是八月十五了，你家的月饼蒸了没有？”

“儿子和孙子八月十五才回来。”

“八月十五一过，天就真真地冷了。”

……

那时节，八月十五是除去过年外最重要的节日。之前几天，女人们就陆续开始蒸月饼。老家的月饼很有意思，与市面上卖的月饼截然不同。有首童谣这样唱“天爷天爷大大下，月饼蒸上车轱辘大”，不是夸张，那月饼真有车轱辘大。

小时候，常看到奶奶和外婆蒸月饼，过程很有意思。她们先把事先发酵好的面团擀成一张大面饼，然后在上面抹上清油，撒上不同的颜色，一层层摞起。这种月饼一般有七层或是九层，每一层的颜色都不相同，有红、绿、黄、褐、紫等。这些颜色全部是天然的，它们分别是胡麻、红花、香豆子、玫瑰、姜黄等。最后，用一张大面饼从上到下把整个月饼包裹起来，放入蒸笼。别看这步骤并不烦琐，可是门道很多，除去面粉发酵的程度外，还要注意火候、时间等，如果一不小心失了手，亲戚们可是会“笑话”的。

孩子们最感兴趣的，并不是大月饼。若是蒸月饼剩下些面，心灵手巧的女人们会把它们捏成各种动物，然后蒸熟。孩子们舍不得马上吃，总要把玩很久，最后才小心翼翼地吃完。有一年，外婆给我捏了一个大莲花，莲花中央躺着孙悟空，手中还拿着金箍棒。从开始捏它到蒸熟，我形影不离地跟着。那时的期待与喜悦，我现在都记忆犹新。蒸熟后，我舍不得吃，一直抱着，睡觉的时候也搂在怀里。直到很多天以后，它完全干透了，我才从最外圈的莲花瓣开始吃起，不过最后还是留下了孙悟空。虽然面里没有放调料，可是我觉得它香极了。很多年以后，站在大都市的超市里，面对各种月饼和饼干，我忽然怀念起小时候，怀念起那个面捏的孙悟空。

八月十五的晚上，在老家的小院里，我们献上月饼和西瓜，点上一炷香。老人们就开始讲故事，讲他们的小时候……那时的月亮又圆又大，月光清澈一片，被风吹进了梦里。

这些年，身处外地，很少回老家，更别说过八月十五了。再者，习惯了低头走路，无论月亮圆不圆，也不怎么在乎了。忽然之间，我仿佛丢失了一些东西，站在喧嚣的街头，茫然失措。

麦客

我祖上是农民，没有人记载家族史，也没有族谱。往上追溯，最多只记得太爷的名字，除此以外，一无所知。我是在老家的土炕上出生的。

我祖上是农民，没有人记载家族史，也没有族谱。往上追溯，最多只记得太爷的名字，除此以外，一无所知。我是在老家的土炕上出生的。直至今天，母亲仍是农村户口，仍保留着一亩三分地。以前，生活艰难时，母亲常对父亲说，好好写你的小说，别操心闲事，大不了回去种地，饿不死的。后来，我也写文章，遇到瓶颈很苦恼。母亲又跟我说笑，别愁，老家还有一亩三分地呢。这些年，漂泊在外，这一亩三分地离我们越来越远，但是我知道，它代表我们全家对那片土地的眷恋。

最初的记忆里，母亲仍种地。那时，父亲在很远的一处小学教书，所有的家务和农活全部由母亲打理，并且还要照顾我，十分辛苦。印象中，母亲总是忙忙碌碌，在小屋和厨房里进进出出。稍一闲，母亲就看书，尤其《红楼梦》，她看了大半辈子，不仅熟悉其中的所有情节，甚至能大段背诵。除此之外，便是给我讲童话故事，几乎每晚都讲。后来，有人说我想象力不错，这应该是母亲培训的结果，虽然她并无培训之心。

那时，地里种的都是小麦，收割小麦时正值盛夏，几乎是一年中最热的时节。所以，当我在小学课本中学到秋天是收获的季节时，非常不理解。因为到秋天时，地里的活差不多都干完了，只剩下一片荒芜和寂寥。

一旦到割麦子的时节，城里满街都是麦客，我上小学时仍是这样。他们坐在马路牙子上，黑压压一排，手里拿着镰刀。这些麦客都是山区的，他们的庄稼还青，趁着这个空当，下山来赚点钱。母亲说，山里人靠天吃饭，日子很苦。当然，我们家也请麦客。割麦子那几天，麦客就住在家里。白天他们上地干活，中午回来休息一下，等太阳稍一西斜，继续上地，再回来时天就黑了。小孩子们很喜欢有麦客的日子，因为家里会多炒几个菜，还有吃不完的西瓜和橘子粉冲泡的水。这是一年中难得的美食时节。

记忆比较深的是吃晚饭。因为人多，所以坐在院子里吃。麦客们累了一天，这时候最轻松。他们很能吃，一大碗面条儿，拌点蒜泥和菜，几口就划拉完了。一碗是不够的，两碗差不多，我还见过吃三碗的。要知道，那碗可比人的头还大。吃过晚饭后，爷爷奶奶和麦客们坐在院子里聊天，他们一边扇扇子，一边喧些稀奇古怪的故事，听得人毛骨悚然。这时晚风轻拂，繁星满天，村庄一片静谧，只有风吹树叶的声音。

我也会跟着大人们上地，他们都弯着腰割麦子，彼此之间相隔较远。蓝的天、绿的树、黄的麦田，这一切非常和谐。我靠坐在树下，喝口橘子水，不经意间就睡着了。

但对于麦客，这日子绝不是诗意的。对他们威胁最大的，是烈日。那透明的火焰，在麦田上跳跃，尽情地炙烤，毫不留情。

某一年，一位母亲带着女儿到我们村来割麦子。中午吃饭时，麦客们都回来了，唯独不见这位母亲。女儿待在雇主家写作业，并没有跟随母亲上地。她找不到母亲，问同去的麦客。但所有的麦客都没有注意到她的母亲。下午上地时，别人才看到这位母亲，她正弯着腰割麦子呢。人们笑笑，并没有说什么。这样赶工的麦客很多，因为酬劳是按亩结算的，大家都想多割一点。但几个小时后，人们发现她仍是同样的姿势，仍待在同一个地点。大家惊呼“不好”，赶忙走上前，但这位母亲断气已经很久了。她手里攥着镰刀，仍是割麦子的姿势。镰刀攥得很紧，别人费了好大力气才从她手上取下来。

死亡一旦降临，就算在炎夏，伴随的也是黑暗和冰冷。

麦客们都沉默了，但没有人哭，她的女儿也没有哭。这个女孩子约莫只有十一二岁，她快把嘴唇咬烂了，眼泪在眼眶里打转，偏偏没有掉下来。最后，雇主给这个女孩子结算了她母亲的工资。她的同乡给她借了一辆架子车，让她拉着她的母亲回老家。

这件事很快结束了，倒是在人们嘴里咀嚼了很久。几年之后，仍有人提起，告诫新的麦客，千万别逞强，累了就缓一缓。女人们偶尔也唏嘘一番，听说这个女孩子凭一己之力，硬是把她母亲拉到了老家。她老家里没什么人，只有一位老年痴呆的奶奶，她只好退学照顾奶奶，只是奶奶不记得她了，时常用各种东西打她……

后面的故事，我不知道真假，或许真是如此，或许是道听途说。但是，我忘不了那个女孩子的脸，她咬着嘴唇，硬是不让眼泪流下来，将所有悲痛隐藏在倔强之后。她不哭不闹，也没有找雇主的麻烦，用稚嫩的肩膀送母亲最后一程。我无法想象路途的艰难，也体会不到她内心天塌地陷般的绝望。那个夏天虽然很热，但是肯定有比冰雪更冷的东西。很多年以后，我在长途汽车上看了一部电影《落叶归根》，那一刻我又想起了她。

后来，每次经过那片麦田，我总会张望一下。一个异乡的女人，弯腰站着，将生命留在了这块土地上。

再后来，为了让民勤不再成为第二个罗布泊，当地政府决定节水支援民勤，于是不再让凉州的农民种小麦，改种玉米。所以，那些马路牙子上再也没有了麦客的身影。

“贼骨头”父子

“贼疙瘩生下个贼疙瘩。没治！”
“龙生龙，风生风，老鼠的儿子会打洞。没治！”

“贼疙瘩生下个贼疙瘩。没治！”

“龙生龙，风生风，老鼠的儿子会打洞。没治！”

“爹爹就是贼骨头，儿子还是贼骨头！没治！”

“没治！没治！真没治！”

在一片“没治”声中，我终于了解到，“贼骨头”父子真是让队里人怨声载道了。

我能记事时，“贼骨头”爹爹已经老了。他是个干瘪的老汉，脸上千沟万壑，比树皮还糙，整日哈欠连连，眼角处总有眼屎，偶尔还会溢出几滴浑浊的老泪。

“活该！那是早些年大烟抽少了，多抽上些才好。”八爷说。

没事时，“贼骨头”爹爹总猫着腰，虾米一样窝在墙根里晒太阳，腿间夹着半截树棍儿。自从腰摔坏后，这半截树棍儿就不离身了。他一直趿拉着一双烂布鞋，从来不穿袜子，三九天也是这样。那露出的半截脚，一层垢甲，比鞋还黑，看来早就刀枪不入了。

“贼骨头”爹爹每次见着我，都奸诈地笑，然后说：

“哟，城里娃来了！嘿嘿，城里娃，沟里爬，吃不来个油布拉，没有筷子球拨拉。嘿嘿。”

“油布拉”是种面食，裹上甜菜，再拌点油，很好吃。因为在老家很少种甜菜，所以轻易吃不到。不知从什么时候起，什么人编了这样一首顺口溜，来编排城里娃。小时候每次回乡，总有娃娃们追着我唱。但大人里，只有“贼骨头”爹爹一个人取笑我。我的回击就是不理他，然后绕到比较远的地方，摆好造型狠狠地瞪他一眼，再大叫一声“老贼骨头”，转身就跑。我怕他追我，所以跑得很快，耳边风声呼呼。我想要是落在他手里，肯定没有好下场。不过，他一次也没有追过我。他追不了，他的腰坏了。

“贼骨头”爹爹的腰以前很好，挺得很直。从前，他曾凭借过人的狡诈，当上大队书记。他肥头大耳，想整谁就整谁。人们恨透了他，但敢怒不敢言。后来，日子好了，人们也缓过劲了，他倒乖了，也不当大队书记了。凉州人不怎么记仇，所以没有人找他的麻烦。

偷鸡摸狗就是从那时候开始的。刚开始村子里丢东西，倒也没有人专门怀疑他。后来有人发现，他家的垃圾堆里总掺杂着鸡毛，于是大家都知道了。但因为没有抓住现行，也不好上门指责。后来什么都丢，西红柿、土豆、玉米、鸡等等。说来也怪，“贼骨头”爹爹只偷这些小东西，大物件他从来没碰过。“贼骨头”爹爹行窃半辈子，从来没被人揪斗过，看来他知道底线在哪里。再后来，队里人都心照不宣了，若是丢了东西，骂一句也就算了。

转眼间，“贼骨头”儿子长大了。真是青出于蓝而胜于蓝，“贼骨头”儿子成功继承了“贼骨头”爹爹的偷窃基因，并且发扬光大。与“贼骨头”爹爹老谋深算的狐狸智慧不同，“贼骨头”儿子更像是狼，少了算计，多了凶残。他也偷队里的东西，只是不仅仅限于西红柿、土豆这类小东西，偶尔也入屋翻翻。“贼骨头”儿子蛮横无赖，属于牛二那种类型。所以大家丢了东西，更是忍气吞声，不想与他纠缠。“好手不动臭大粪”，大家都这么说。还好，“贼骨头”儿子后来也明白了兔子不吃窝边草，所以更多的精力放在附近几个村子上。

本以为，“贼骨头”儿子出师了，“贼骨头”爹爹就可以坐享其成、高枕无忧。但万万没有想到，他的苦日子终于来了。

首先，“贼骨头”儿子嫌弃“贼骨头”爹爹吃闲饭，说他不中用，怎么还不死，天天浪费粮食。后来，干脆把“贼骨头”爹爹撵出了家，让他住在草房里。“贼骨头”儿子的媳妇还算不错，顿顿能给“贼骨头”爹爹一碗饭。后来，在一次争吵中，“贼骨头”儿子把“贼骨头”爹爹从房顶上扔了下来，摔坏了“贼骨头”爹爹的腰。“贼骨头”爹爹命大，没有死，炕上躺了几个月之后，拄着半截树棍儿又出了门。

“贼骨头命真大！”队里人砸嘴道。

话说山外有山，人外有人，“贼骨头”儿子家竟然被偷了，而且场面非常惨烈。他家的院墙被破了一个大洞，这洞比院门还大。摩托车没了，牛没了，很多东西都没了。队里人偷着乐，背后说：

“活该！淹的就是会水的。”

“嘿嘿，肯定是得罪道上的朋友了。嘿嘿。”

“你说说，这才叫贼！挖了那么大一个洞，竟然没有惊醒贼骨头。”

“好啊！报应啊！”

……

听见这些话，“贼骨头”儿子没有说啥，气得眼睛里冒血，牙咬得“咯噔”直响。后来，他放出话，说他知道是谁偷的，一定会血债血偿。但直到今天，这仍然是个悬案，大家都不知道那位“义偷”是谁。这成了我们陈家庄子诸多未解之谜中的一个。

若说“贼骨头”爹爹从精神上欺辱了我，那么“贼骨头”儿子更甚，直接从肉体上欺辱我。他笑眯眯地靠近我，以迅雷不及掩耳之势将一把麦芒塞进了我的裤裆里。当天夜里，我浑身起满了小红疹子。直至今天，我仍然对麦芒过敏，只要一碰，身上便会起红疹子。

不过，最恨“贼骨头”儿子的，并不是我，而是“贼骨头”爹爹。他逢人就骂：

“贼骨头！短命鬼！不得好死。”

“贼骨头”爹爹骂“贼骨头”儿子时，义愤填膺，一脸正气，好像他自己不是贼骨头似的。“贼骨头”儿子听到了，跨到“贼骨头”爹爹面前，手指着他的鼻子骂：

“呔！老贼，你怎么还不死？我是贼骨头？放屁，八爷家的十二只鸡儿是谁偷的？是谁吮着指头说香到脑子里了？是谁？”

八爷本来老猴儿一样，蹲在土堆上抽旱烟，还咧着嘴看笑话呢。一听说十二只鸡儿的事，愣了一愣，抖着胡子就站起来了：

“啊呀！老牲口，原来是你。我寻死了都没有寻着，原来进了你的炕洞了。嘴馋了，你捉上一只也行，你十二只全捉完了。你不怕噎死。真正是人心不足蛇吞象。老牲口，你得给我个说法。”

说罢，八爷舞着旱烟杆冲着“贼骨头”爹爹就去了。“贼骨头”爹爹面如死灰，赶忙拄着树棍儿转身进了院子。

围观者哈哈大笑。

“贼骨头”儿子觉得没什么意思，骂骂咧咧也走了。

次日，“贼骨头”爹爹照旧出来窝到墙角里晒太阳。八奶奶站在大路上，叉着腰骂。八奶奶个子高，人瘦，脖子长，头发短，骂起人来爆发力强，跟斗鸡一样。骂累了，就冲着“贼骨头”爹爹吐口水。“贼骨头”爹爹悠然自得，不回嘴不接茬，世外高人一般。我真心佩服“贼骨头”爹爹的忍辱功夫。

不过，“贼骨头”爹爹还是死了，就在八奶奶骂完他几个月之后。“贼骨头”爹爹是活活饿死的。见过他死相的人说：

“惨啊！直接没有人样，纯粹是皮包骨头。眼窝深深地陷下去，嘴是个黑窟窿。”

同贼骨头爹爹岁数差不多的老人们，也略有点伤感：

“六〇年都没有饿死，现在反倒饿死了，你说说。”

给“贼骨头”爹爹发丧时，“贼骨头”儿子嚎得很凶，“爹啊！爹啊！”他大叫。不过没有人理睬他，人们都知道是怎么回事。虽然是作秀，但我觉得“贼骨头”儿子肯定也有些悲伤。当然不是因为“贼骨头”爹爹死了，而是因为他从“贼骨头”爹爹的死亡中，看见了自己的影子。

所有人不知道的是，有一次我从“贼骨头”爹爹身旁经过时，“贼骨头”儿子的小儿子正爬在爷爷怀里，他边吃豆豆糖边说：

“爷爷，你放心！爹爹是怎么对你的，我将来就怎么对他。”

屠夫之死

屠夫死了

屠夫是救人时死的

屠夫死了。

屠夫是救人时死的。

刚听到这个消息，我非常惊愕，觉得难以置信。因为在我的印象中，屠夫是那个村庄中最彪悍的男人，没有之一。

我老家的村子叫“陈儿”，早先不是这个名字，那时叫“夹河”。听爷爷讲，之所以叫“夹河”，是因为早些年村子旁有两条大河。那两条河常发洪水，淹死了不少学生娃。后来，河干了，只留下丑陋的河沟。人们才发现，这汹涌的大河，并没有多深。再后来，村子中陈姓越来越繁，索性叫“陈儿”算了。

陈儿村中，我最怕的就是屠夫。小时候，每次回乡，他都会张牙舞爪地向我扑来，一边叫我“城里娃”，一边用指头弹我的天门盖。我们老家把额头叫作“天门盖”。他的力气很大，弹的天门盖“咚咚”直响，几天之后还都有红印子。那时，我恨透了屠夫，虽然他每次见着我都笑，但在我心中他仍是凶神恶煞，如同魔鬼一般。

父亲也给我讲过屠夫小时候的故事，听起来更让人心惊肉跳。屠夫小时候，最喜欢的游戏是打野猫。野猫的身手快如闪电，如同武林高手一般，也不知道他是如何捉住它们的。屠夫一旦捉住野猫，就用皮鞭抽打，猫的叫声刺耳惨烈，有一种无法阻挡的撕裂感，仿佛从地狱深处传来，非常瘆人。等猫血淋淋、奄奄一息时，屠夫就会停手，但这并没有完。传说猫有九条命，等它缓过神来，屠夫再接着抽打……父亲讲这些时，龇着牙倒吸冷气，仿佛挨疼的是他。

如此残暴的性格，长大后自然做了屠夫。虽然没有跟老师傅学，但他的屠宰技术竟也出神入化，人称“陈一刀”。我见过他宰猪，那头猪还在跑，他快步撵上，只一刀，就捅入了猪的喉咙，没有任何多余的动作，一气呵成，完全是绝世剑客的境界。我还见过他宰牛，那头牛非常倔强，鼻子喷着粗气，眼中全是悲愤，死撑着不肯倒地。屠夫走上前，两手抓住牛的犄角，用劲一扭，牛轰然倒地，仍他宰割。人们说，屠夫手上性命太多，身上煞气太重，牲畜一见他浑身就软了。

“没治！就是屠夫命！没治！”人人都这样说。

老家有句俗语“屠汉养儿子，充数而已”。意思是屠夫养上多少儿子，都不算人，仅是个数字而已。这说明凉州文化并不随喜这种杀生害命的职业。但屠夫很豪爽，他常说，成哩，有人吃大肉就得有人杀猪，你们都上西天，堕地狱老子一个人来。虽说是“充数而已”，但屠夫还是想生儿子，可一直不如愿，连生了三个丫头。除了大丫头自己养着，其他两个都抱给了别人，想接着生，谁知女人倒是怀不上了。

生不下儿子的屠夫，很憋屈。于是常酗酒，醉了就打女人，打完女人打丫头。那女人和丫头，疼得猫儿一样叫。叫声常在村子里回荡。人们一听就说，瞧！屠夫又打女人丫头了，真正是作孽啊。可是没有人愿意劝，不是大家冷漠，而是谁都知道劝不了，不但劝不了，搞不好自己也会挨鞭子。

后来，想儿子想疯了的屠夫，只好抱养了一个。他儿子比我小一岁，小时候我们常一起玩。但屠夫和他儿子并不亲，不仅是因为屠夫的脾气，还因为他儿子很小的时候，就知道自己不是屠夫亲生的。他儿子常对我说，等一长大就去找亲生父母，他知道自己的亲生父母是谁，就在隔壁的村子上。

我所知道的村子中唯一的血案，也发生在屠夫身上。

那是个黄昏，我记忆犹新。太阳还悬在家府祠的房檐上，也许是那房檐太尖，戳破了它，于是血光四溅，燃红了半天的云彩。那时正值深秋，天也冷了，风一卷，尘土和枯叶就四处乱窜，眯了人们的眼。就是这样极平常的一天，不知因为什么缘故，屠夫把他那把著名的刀子，插进了亲弟弟的屁股里，还转了半圈。血顿时浸透了裤子，顺着裤腿淌下来，染红了鞋。他弟弟硬是一声没吭。娃子们大叫："杀人了！杀人了！"只片刻工夫，端碗的、抽烟的、喝茶的、织毛衣的、纳鞋的……全部围在了屠夫弟弟家门上。这村子平静了几十年，虽然偶尔也有小偷小窃，但动刀子的血案，真是头一回。

眼看人越来越多，屠夫的酒也醒得差不多了。他顺手拔起一棵手腕粗的小树，像孙悟空舞金箍棒那样耍起来，嘴里大叫着："还不散了！看什么看！有什么好看的！老子的刀子可不长眼。"他手中的树耍到那里，那里就散了，不过很快又集在一起。有老人骂："呔！还不回家，等着警察捉你吗？"于是，屠夫回家了。他家的院子和他弟弟家的院子是连在一起的。回家后的屠夫并未消停，不一会儿，他又蹿上了房顶，蹲在房檐上继续叫嚣："聪明的散一散，不聪明的站一站。"直至今天，我仍然清晰地记得这句话。怪了，都那种时候了，屠夫竟然还注意到了押韵。

屠夫的弟弟并没有死，他也没有报警，这事就这么算了。

但两家人从此老死不相往来。

俗话说“龙生九子，子子不同”，真是这样。同是一个爹妈生的，屠夫的弟弟却非常老实内敛，是走在哪里都会被忽略的那一类。这件事发生后，屠夫的弟弟就更低调了，很少出门。这么多年了，我都没见过他几面。

这件血案并没有改变屠夫，连一丝一毫都没有。他照旧杀猪宰羊，照旧喝得酩酊大醉，醉了照旧打女人丫头。

按理说，这样的人应该是臭名昭著的，但偏偏屠夫的人缘很好。他十里八乡都有朋友，关系很铁。就是我们村子里，和他玩的人也很多。后来，我才了解到，这是因为屠夫做事磊落，从不蝇营狗苟，为人也比较仗义，无论是谁，只要向他张嘴，总会得到帮助。

果不其然，没多久屠夫竟然当上了队长。在我们老家，一个村子分成几个队，也叫组，每个队大致有四五十户人家。准确地说，屠夫是陈儿村五队的队长。这“队长”虽然是个芝麻大的官，但不是谁都能当的。首先，在队里要有威信，说话有人听；其次，能力要强，懂电懂水等；最后，必须负责任，家家户户都要照顾到。

当上队长的屠夫，果然像换了一个人。他兢兢业业，事情做得很到位。队里人都说，这才是队长应该有的样子。那段时间，他也喝酒，不过很少醉了，也没有听到他打女人或是丫头的声音。

本以为，屠夫这辈子就这么过去了。谁知，厄运突然降临，如晴天霹雳一般，而且是在他一生中最好的时候。这就好像命运之神和他开了一个玩笑，像他捉弄野猫那样捉弄了他。

屠夫死了，在青天白日下死了。他是在救人的时候死的。

有人掉进了大口井里，他赶紧下去，伸手捞人。谁知人没捞着，自己也栽了进去……

此事发生之后，父亲写了则简讯，发表在一家报纸上。大致意思是说，武威市凉州区洪祥乡陈儿村五组组长陈某某，因舍己救人，溺水身亡。父亲告诉我，不管别人曾经做过什么，是什么人，只要他有助人的行为，我们就应该认可并赞扬他。当然，这则简讯除了赞扬屠夫的救人行为外，更重要的是给他的家人一份尊重。

至此，屠夫终于消停了。

回顾他的一生，我很难用“恶人”或“善人”这类词概括。人性本就难以琢磨，善恶更在一念之间。或许连屠夫也不知道自己究竟是什么人吧。他虽然是横死，虽然死得很惨烈，但正是这份惨烈最后成全了他，定格了他最后的形象，使他成为一个不同于其他屠夫的屠夫。

数年以后，我又回到了村子里。屠夫的女儿已经嫁人了，听说很孝顺。他抱养的儿子也长大了，打工回来时，领了一个外地媳妇，没有花一分钱，让队里其他的年轻人羡慕不已。只是，再也没有人扑过来弹我的天门盖。

忽然间，我觉得屠夫并没有那么讨厌。

你说呢？

美国记者采访贤孝的日子

记得，那天很晴。甘肃省外事办派车载来了美国记者。他们通过中国外交部和甘肃省外事办，要采访作家雪漠。

01

美国记者来了

记得，那天很晴。甘肃省外事办派车载来了美国记者。他们通过中国外交部和甘肃省外事办，要采访作家雪漠。

美国记者的这次专访，“蓄谋已久”了：他们先是在“雪漠文化网”上查到了父亲的电子邮件地址，发来邮件，说他们是美国旧金山KTSF26电视台，要是雪漠先生方便的话，他们就专程到中国来。后来，中国新闻社也打来电话，预约此事；再后来，甘肃省外事办商定了时间。

父亲说，采访我一个人没意思，还是采访凉州贤孝（凉州地区的一种曲艺形式）吧。

刚开始听到这个消息，我比较欣慰。像贤孝这样的民间文化的“活化石”是早应该采访和挖掘的，可这个时代太缺少慧眼，很少有人看到这些比金子还宝贵的民间文化正在时代的飓风里悄然消逝。

电话里约好了到武威的时间。

父亲给老家打了电话，请那些老艺人们不要外出。父亲说，真正的贤孝在乡下。应该让客人亲身感受那种氛围，他们才会对贤孝有直观的印象。我明白他的意思：他想借此机会，让那些老艺人露露脸。他们活得太苦太累，唱了一辈子贤孝，到老了，生活却越加清贫困窘。没有人重视他们的存在。希望这次采访，可以安慰一下那些苍老无奈的心。

采访的当天中午，一辆白色的“丰田”面包车进了宾馆大门。车门打开后，下来了好多人。他们用不太标准的普通话相互交流着。快上电梯的时候，一位男士和我握了握手，并递给我一张名片说：“你好！梁国书。”我一看，是电视台“周末新闻”的总制片人。

随后，父亲带他们去北关市场吃凉州小吃“三套车”。吃过后，没回宾馆，直接坐车去了乡下。

车上我和那位叫斯美玲的女士聊了起来，她是电视台新闻编辑部主任、主播，很有修养。无论在任何情况下，她的笑都非常真诚，让人感觉很舒服。从她的眼神里，你可以感觉到她对你的尊重。

同他们一起来的，还有中国新闻社的记者姚文森先生和省外事办的几位同志。

不久后，车窗外已满是田地，村庄隐约出现在远处的尘烟中。村里的小伙子们骑着摩托车来迎我们。满脸的尘土，并没有掩盖他们全身洋溢出的喜悦。

贤孝会安排在陈儿村委会旧址，这儿曾是大队队部，后来改成了幼儿园；再后来，幼儿园搬走后，就只住着老鼠。破败的屋檐，隐隐在天地间诉说着逝去的年华。

02

陈儿贤孝会

村部的院门年久失修，爬满了暗红色的铁锈，稍一碰，便“咯吱”地叫唤个不停。不过，往里挤的人们并没注意到它的抗议，都有意无意地和它进行亲密接触。一到院内，我暗暗吃惊：这么多人！这个镇子里的艺人几乎都到了。后来我才知道，接到父亲的电话后，他们就开始自发组织，已经排练了三天。有些老艺人家离这儿很远，骑车需要一个多小时。

所有的人都很兴奋，他们偷望几眼“外国人”。在相互交流完自己的看法后，他们开始大声地说笑。院子北边堆满了玉米棒子，黄灿灿的，很好看。

父亲开始介绍来自美国的记者，每介绍一位，人们都报以热烈的掌声。我忽然为这些乡亲们感到骄傲。随后，父亲逐一向记者介绍我们的贤孝艺人。

我开始跑前跑后忙着拍照，选取些独特的角度，以便能全面地记录这次贤孝会。

第一个表演的艺人叫李林红，我们都叫他

李爷。他是凉州城北乡的贤孝祖师爷，已经七十八岁了，留着白白的胡子，沧桑却也脱俗。在我的印象里，他一直活得很坦荡，很有骨气。他从没和别人套过近乎，无论你多么富有，社会地位多高，或多么贫穷。对待任何人，都是敬而不媚。他是父亲小说《大漠祭》里孟八爷似的人物。

他刚甩起手指，三弦子的声音就惊鸟般蹿向天际，泼出一种天籁，洒入人的灵魂深处，让人觉出一种千年的沧桑。那韵律，仿佛大漠里绝美的落日和遒劲的胡杨。我暗暗赞叹，这般年纪了，还能弹出这样的韵味。这才是真正的大师。

他唱的是《吕祖买药》。这个曲目很古老，小时候我便听过。父亲曾重点介绍过它：讲的是八仙中吕洞宾的故事，是说某年三月初三，吕洞宾在给王母拜寿时，酒后乱言，王母大怒，将他贬到杭州。观音怕他迷失了本性，变作卖药先生，去点化他。二人相遇后，吕洞宾故意刁难，要买“家祸散、顺气丸、消毒因、化气丹”。大士便给他开出了药方：“本分”四两、“孝顺”三钱、“老实”做个引子、“好肚肠”放上一条。然后，叫他到“心平铺”里买，到“公平秤”上称，到“容人案”上切，到“宽心锅”里炒，到“让人坑”里碾，用“三思箩儿”箩。然后，用蜂蜜团成菩提子大小的药丸。谁吃了这药，百病不生。

贤孝就是这样，用老百姓喜欢的方式，把一些做人的哲学或伦理道德传播给大家。无形之中，在听曲人心里种下“贤”与“孝”的种子。它的作用，同明朝开国皇帝朱元璋让天下百姓诵背《大诰》有异曲同工之处。只是老百姓更容易接受贤孝这种方式。千百年以来，贤孝不知改变了多少人的心灵。在很长一段时间内，它几乎是凉州百姓的精神食粮。

现在，贤孝已经站在了时代的悬崖边上，或许不久以后，它真的就成为历史了。先进的科技产品占领了人们的眼球与思想。过去很多人围在一个大炕上几日几夜地听贤孝的日子，已经一去不复返了。更可怕的是，没有哪个青年愿意背着三弦子，去“瞎仙”门前拜师学艺了。

无数个黑夜里，瞎眼的贤孝艺人们只能坐在冰冷的炕上，摸着落满灰尘的弦子，朝着夜空，叹几口无奈的闲气。他们心里的夜色比自然的夜色更浓！在这个红尘中，似乎没人去在意这个失落的群体，没人去关注这个曾承载了精神的文化化石了。

瞎仙们的灵魂家园萎缩了。莫非，他们真的要从这个世界上消失？

我给李林红大爷照了好多相，美国记者更是精心地拍摄。后来，美国记者告诉我，老人们唱的内容，他们一句也没听懂，但他们觉得很美。

03

“瞎仙”贾福山

第二个上场的艺人是贾福山，也六十多岁了。他很有名，父亲在好多文章中写过他。

贾福山是老家有名的“瞎仙”。其有名不仅因为贤孝唱得好，三弦弹得好，更因为他为人“怪异”。这次，随着美国的摄像机，他更是漂洋过海了。

“瞎仙”，又名“瞎贤”。在凉州，他们是一个非常独特的群体。人们既敬畏他们，却也有种非常矛盾的心理。绝大部分“瞎仙”贫困潦倒，以卖唱为生，且难以维持生计。常常遇到的情况是吼了一天，而面前罐子里的硬币还不够买几个馒头，但这是他们唯一的收入来源。不过好的一点是他们大多知足常乐，对于上天的不公看得很开，常常是今朝有酒今朝醉，不管明天喝凉水。在为人处世方面，他们也有独到的见解，对于世俗的东西更是看得很淡，谈话间总能给别人带来清凉和豁达，仿佛他们是超然于世外的高人，让与他们谈话者忘了，这些“瞎仙”仅仅是社会的弱势群体。

“瞎仙”虽瞎，却也都是能人，各人有各人的绝活。他们虽没读书，却眼瞎心亮，装了一肚子的智慧。

贾福山也属于这样的能人。中国五千年历史，他烂熟于心，常常语出惊人，却又从不卖弄。没什么急事时，他是大门不出二门不进的，老是猴一样蹲在自家的炕上。

关于他是怎么瞎的，有好多种说法。总之，从我能记事起，他就瞎了。对于他，我很熟悉，他家与我家相隔不过百米。父亲是听他的贤孝长大的。每次回老家，我们都会去看他，给他带点钱和吃的。他没任何收入。前几年国家还给残疾人一些补助，一年有百来十块。后来，不知什么原因，补助没了。他又自视清高，不愿像别的“瞎仙”那样卖唱，骨子里的坚韧更使他不向任何人开口叫穷。于是，他真的一贫如洗了。没有人理解他，在乡亲们看来，他是“死要面子活受罪”。这话传到他的耳朵里，他一边抽烟，一边笑，什么都没有说。没有志趣相同的人，他出门更少了。

小时候，我便爱去他家，那时他整天开着收音机听评书。收音机是最老式的那种，已经很旧了。音质不是很好，总有杂音，但他还是听得津津有味，一脸逍遥。我一去，他便关了收音机，给我讲故事。

贾福山爱抽烟，但不抽纸烟，一是太贵，二是劲道不够。他腰间插着一个长长的烟锅。我看不出这烟锅是啥材料做的，后来别人告诉我，这是黑鹰的膀子。烟锅头和杆身被他的大手磨得油光发亮。烟锅上吊个不大的布兜，里面是烟叶。他用的打火机也很特别，是那种很久以前的汽油打火机，现在早销声匿迹了。每说几句话，他便打开布兜，捏一点烟叶，塞进烟锅，用大拇指和食指把火机上的火苗捏到两指中间，再对准烟锅头，贪婪地吸

“瞎仙”贾福山的门前

一口，神情快活似神仙。然后，再细心地绕好烟袋，把烟锅插进腰间。但说不了几句话，他又抽出烟锅，从容地吸上几吸。那模样，似乎不是为了抽烟，而仅仅是为了享受那一系列过程。于是他的手指被熏得奇黑，再也洗不净了。

看不到一点儿光亮的贾福山却总能准确无误地找到他需要的东西，哪怕是一根针。这成为我小时候无法理解的一件事，我怎么也想不通。后来我也曾试着闭上眼睛，去找我需要的东西，除了被绊倒磕破眼角，我没有别的收获。有时候，到了中午，他就开始做饭。自己和面、切面、添水，然后下面，再调点料，精准无误。味道竟也不错。有时候再调点好心人送的菜。没有菜的时候，他同样乐呵呵地吃几大碗白面条。

那时候，爷爷奶奶老请了他来唱贤孝。乡亲们坐满一炕一地，听得泪水涟涟或捧腹大笑。

现在，贾福山的头发和胡子都花白了，近些年也不曾听说他去谁家唱过贤孝。他那蒙着蟒皮的三弦子，被人们遗忘了好久。

你看，在美国记者的镜头前，别的瞎仙总爱高昂着头吼贤孝，仿佛在对不公的命运呐喊。可他不，他微微低着头，我看不清他脸上的表情，倒是花白的头发和胡子很刺眼。一想到这，我都有种莫名的难受，很想哭。

我的记忆中，他从没垂头丧气过，更不怨天尤人。在人们逐渐淡漠了贤孝时，别的瞎仙都心灰意冷地抱怨。可他总是乐观地笑对一切，说：

“有人听了，我唱一唱；没人听了，我缓一缓。”

实在苦急了，他就说：“老天能给，老子就能受！”说不尽的豪迈。

可豪迈过后，仍是无尽的冷寂！每到夜里，他的房子里就显得异样的黑，只有频繁闪烁的火光。隔壁传来的，都是怒骂嬉笑的电视声。在这种喧嚣里，他恍若迷失了自己。他发现自己被遗忘了，就好像被抛进了无尽死黑的虚空中。时间就在这样的虚空中，慢慢滑过。

细听着他的弦声，我总能找到一种已经消逝很久的感觉。这感觉来自哪儿，我不知道。总之，在冥冥之中，我仿佛看到了很久很久以前的自己。这一刻，我才真正听懂了贤孝，真正接近了贤孝的灵魂。

04

快乐的人们

陈儿村的人们并没有因美国记者的到来而拘束自己，他们甚至暂时忽略了那架昂贵的摄像机。他们尽情地笑着，似乎要把被生存压抑住的那些快乐，一次性全爆发出来。庄稼地里苦怕了的娘儿们，也唱起了小曲，扭起了秧歌。她们的脸上抹上了厚厚的廉价粉底。看起来，脸蛋和脖子不是一个颜色。以前我竟没有发现，这些能像牛一样苦的女人，竟然也有这样的艺术细胞。

这歌声好美！

后来，凉州电视台的台长沈建华先生来了，他带着摄影师和几个北京电视台来这里体验生活的姑娘。他们的到来让所有人兴奋，这意味着今天来的这些乡亲们，有机会上本地的电视节目了。这是他们做梦也不敢想的事。

再后来，天有些暗了，摄像时光线不是很好。我建议把头顶上的棚顶揭去。所有的女人们开始大声叫自己男人的名字，然后像领导人一样地发话：

“某某，快去！到树上把绳子解开。”

“某某，快上房！”

那些被叫到自己名字的男人们，拿出埋藏了很久的英雄本色，一个个像猴一样，上树的上树，上房的上房。全然不顾那些枝条也许会挂伤自己。费了好大劲挂起来的棚顶，三下五除二就被取下来了。

其间，我和美国来的斯美玲女士聊了好久，是关于贤孝的。她很吃惊，想不到还有这样一个群体。这些瞎了眼的老艺人们，根本不懂乐理不懂谱，完全靠自己的心记住了这些传承了千百年的文化。他们的音乐不是由乐谱组成，而是源自灵魂里最纯正的情感。

最后，由贾福山弹弦子，父亲像狼一样吼了《王哥放羊》和《吕祖买药》中的一段，声音里充满野性，高亢、苍凉，惊飞了白杨树上的昏鸟。

天下没有不散的筵席，日头开始落山了。大院里的屋檐，依旧在破败中渗出几分寂寥。

出了院门，远处的田地里升腾起淡淡的、紫色的暮霭。隐约中，演绎出最原始的梦幻！

后来，中美两个电视台的记者们都到了我的老家，一个很平常的农家大院。院子里堆满了玉米棒子，透出一种乡村独有的诗意。

美国的摄影师提着摄像机上了房，他朝着西面说，好美的落日！我也上了房，整个西面的天空射满霞光，那醉人的艳红，是酿了千年的酒。

当夜色完全降临时，他们对父亲进行了专访。他们谈了一个多小时，美国人很激动。他们就在那堆玉米棒子旁，用两种文化撞击出了精神的火花。梁国书先生连连说："不虚此行！不虚此行！"

次日晚，凉州新闻上播出了昨天的贤孝会。随后乡亲们打来电话。他说他们看到了，在电视上看到了他们自己！

过了几天，我给可能已回到美国的梁国书先生发了一份电子邮件，我说："希望你们能再来中国西部，看看这儿，告诉更多的人，在一个不为人知的角落里，还有这样一群可爱的老百姓，他们真实地存在着，虽然活得很苦、很累、很无奈，但他们还是努力使自己开心地走完该走的路。对于你们的到来，人们还在津津乐道。好多人又重新开始注意贤孝了。对于那些艺人来说，你们采访的那几日，是他们一生中最闪亮的时刻。至少他们会感到很欣慰，他们会告诉自己：看，自己并没被时代遗忘，贤孝也没被历史的黄沙湮没——也许以后会，但至少，现在它已经成为最美的风景！"

很快，梁先生回信了："我们完整的专题报道即将播出。我们已在一个谈话节目播出了部分片段，已引起不少的观众回响。对你父亲的采访令我很惭愧，我生活在全世界最富裕的国家，但思想却如此贫乏。所以，在北京多买了几本书，补充养分。我看完了《大漠祭》，正在不断地思考如何利用互联网，把贤孝介绍给世界公民。"

——2006年10月26日

后记

这是一本意料之外的书。

写这些文字时，我并没有结集出版的打算。这不多的十三篇小文，时间跨度有点大。最早的文字是《一条被遗忘的鱼》，大概写于2004年冬天，那时我仅17岁。后来每年都会写点散文，但并不着力。因为我主要的精力还是放在小说上。但生命中，总有一些值得留恋储藏的瞬间，而这样的瞬间，总是转眼即逝，犹如午夜盛开的昙花。我想抓住一些，于是有了这些文字。后来，许多朋友读过后觉得不错，建议我结集出版，于是又有了这本小书。

仔细想来，世间事大抵如此。虽然总在念叨着“宿命”，却时时经历着不同的因缘。我们不知道未来会面对什么，也琢磨不清“注定”与“选择”的关系。譬如我，曾在西北凉州生活了二十多年，本以为会在这黄土高原上终老一生，却神奇地到了岭南。在那温润潮湿的一方天地里待了七年。等我置办好一切生活所需，转眼又到了青岛。

我欣然接受生活的一切改变和馈赠。我明白，我所经历的一切，终将成为泛黄的记忆，有些被悄悄珍藏，有些被黯然遗忘。无论怎样都很好，若是能凝结成文字则更好。

我的写作，不为流芳，也无意承载精神。除过享受写作本身，这更像是一种追忆的独白，或是灵魂的自语。

散文尤其如此。

最后感谢父母，感谢那些人生路上指点和鼓励过我的人，感谢妻子和女儿。路还长，我们慢慢一起走。